诗
想
者

H I P O E M

停歇之书

给自己留点空白

田禾 著

GUANGXI NORMAL UNIVERSITY PRESS
广西师范大学出版社
· 桂林 ·

图书在版编目（CIP）数据

停歇之书：给自己留点空白 / 田禾著. --桂林：广西
师范大学出版社，2020.4
　　（诗想者·慢生活）
　　ISBN 978-7-5598-2635-0

Ⅰ．①停… Ⅱ．①田… Ⅲ．①散文集－中国－当代
Ⅳ．①I267

中国版本图书馆 CIP 数据核字（2020）第 027291 号

广西师范大学出版社出版发行

（广西桂林市五里店路 9 号　邮政编码：541004）

网址：http://www.bbtpress.com

出版人：黄轩庄

全国新华书店经销

广西广大印务有限责任公司印刷

（桂林市临桂区秧塘工业园西城大道北侧广西师范大学出版社集团
有限公司创意产业园内　邮政编码：541199）

开本：889 mm × 1 194 mm　　1/32

印张：7.75　　　　字数：180 千字

2020 年 4 月第 1 版　　　2020 年 4 月第 1 次印刷

定价：52.00 元

我们就这样朝着圣地漫步，直到有一天，太阳发出前所未有的光芒，照进我们的思想和心灵，并用伟大的醒悟之光点亮我们整个生命。

——梭罗

寻找到自己的
精神自留地

　　阳光斜射进窗，我伸手去抓。光没抓住，却捉下一把灰尘。

　　我在阳光与灰尘的共照下，伴着黑胶唱机里的音乐声，开始整理书房。不知是否因为音乐声过大，导致书架最上层一大堆闲书突然垮塌下来，散落一地。和书一起掉落下来的，是一叠已显老旧的字画。那是爷爷生前留下的。爷爷过世之后，我从他所有的遗物中，挑选了那些字画收藏起来，然后将其他的物品，全部燃成灰烬和记忆。

　　从地上将那些字画一册一册拾起的瞬间，仿佛又看到了爷爷在他那书案前专注投入的情景。想起他离世的次日，一个远房亲戚的悼念："他的一生是幸福的。人生在世，他既种好了生活这分责任田，又种好了精神这分自留地。"

的确，以世俗的物质标准来看，他的一生可能算不上成功，但他却活得让身边熟悉他的人都羡慕。因为他在现实的困苦中有悠闲，悠闲中有执趣，执趣中有追求，追求中有生活。直到他 85 岁高龄时，依然每日清晨折腾一番他的蔬菜园田后，就一头扑向他用旧门板搭起的一个简陋书案：写书法，画花鸟，背宋词，做篆刻。

　　那是他的一块精神园田。一块让他随时脱离尘世、超越现实之境的隐逸之地。

　　偶尔，他也会独坐江边钓鱼，骑很远路程的自行车去求取生活乐趣。总之，他的生命没有一刻是虚度的，不是在物质的田里忙碌，就是在精神的田里耕耘。

　　对于我们大部分人来说，物质的园田只需种到退休，精神的园田却要种到离世。孰轻孰重，一目了然。可惜在现实中，大部分人几乎将全部精力投进了物质的田地里，从而荒废了精神世界。虽然为生活忙碌本是人类作为拥有高智慧动物的一种职责所在，然而生命的另一层境界，是如何把时间留给闲情，而非不舍昼夜地奔走追逐。

　　过度追求外在物欲，生活少了一点灵魂属性。没有灵魂属性的生活，身体里的空洞和空白，没有任何物品能真正填满，人将永远活在一种缺失中；过度追求内在精神，生活又少了一点社会价值属性。没有社会价值属性的生活，使人活在社会上沦落为蛀虫，失去了生而为人的个体意义。何况物质决定着客观世界。比如，无米不成炊，望梅止渴更成不了生活常态。所以，唯有做到物质与精神两者的平衡，才是作为一个人最理想的存在。

常有文人论道，说在俗世生活中修己的最高境界，是慎独。

慎独并非躲进山林隐居或追求物理空间上的隔绝，而是一种精神定性、灵魂人格上的自我，是即使身处喧嚣之市或浑浊之塘，也能保持清醒的自律并身心洁净。但对凡常之士来说，能达到这层境界的毕竟非常稀少，我们只能将它定义为一种理想抱负或修习目标。不过，在我们的普通生活和世俗追逐中，有一片独属于自己的精神自留地，或许是慎独的开始。我们在那片精神自留地里独自耕耘：关怀本心，守护热爱，经营心田，播种理想，追求自由，享受闲适，以获得某种宁静和丰盈。将现实生活这趟人生苦旅，变成一张自我满足的精神地图。

整理完书房，歌声正好停止。音乐停顿之时，我心生感悟地想到了四句话——它们基本涵盖了我对人生的全部定义：为生活涂鸦；为知觉歌唱；为身体写诗；为净土西归。从此，这四句话被我挂在了书房里，接受着阳光与灰尘的共同洗礼。

【为生活涂鸦】

将生活涂上颜色，是希望生活能够丰富多彩。生而为人，我们不可能像石头一样静止着生活。

春天，我们张扬着去播种；夏天，我们坚韧着去生长；秋天，我们成熟着去收获；冬天，我们孤独着去安详……自然有四季，人生也有四季。四季之色，各不相同，又一脉相承。在属于自己的季节里，尽情涂鸦吧。但任何时候，别遮住了本色，遮住那干净而纯粹的灵魂。

【为知觉歌唱】

一只蝉至死都在歌唱，我不知道它有没有悲伤。但悲伤也是一种感知，总比麻木要好。反观我们人类，很多人至死还在麻木中追求无尽的世俗物欲，终日陷于名利与虚荣中不得安生。当他们走到坟墓时，才发现他们的歌还没唱完。

街头那些看似微笑的人，实则活在宽大的空虚中。不停地忙碌劳作，根本没有时间顾及自己精神方面的缺失。不停地赶路，却不知道自己要去向哪里。

是的，人生只有一次，要与灵魂私奔。

【为身体写诗】

偶尔，生活需要一些诗意。或许我们可以睁开崭新的眼睛，带上那颗年轻而跳动的心，去流浪。至少，流浪代表人生向外以及向内的探寻之念。它是一种精神状态，一种抽离生活的行为，更近似于一种超越性的身体哲学。因此，应时常用身体在大地上写诗，成为一个精神觅食者。背着图书、音乐，于大自然中寻找某种饱满与静默。

【为净土西归】

真正的西归不局限于出世意义上的修行，更不是特指地理上的某种指向，它仅意味着在尘世意义上寻到一种精神归宿。它像心底的一盏明灯，照亮我们所有的心灵感知。只是这种归宿因人而异，有些人追求大自然的空寂，有些人沉溺于音乐的慰藉，有些人从电影中找到自身的定位，更有些人在阅读、劳作、艺术、赏石等信仰中填满自己。

总之，只要愿意，我们总能寻到一种精神寄托，一片可以自我耕耘的心田。记住，当我们在物质的田里忙碌时，千万别忘了种上几株精神的禾，那是最纯朴的付出与希望。

田　禾

2019 年写于杭州

从未厌倦追逐本心

003　哪个才是本来的自己

十六岁时，我终于光明正大而彻底地离开了家。和清江
里的水一样，永远地奔向了大海。

014　永远追随内心的热爱

那是又一次寻找。我坐着火车随性地去晃荡，试图在放
逐中触及生活的另一层维度。

026　大地之门一直敞开着

一个对世界严重自闭的歌者，却经常唱出打开人类心灵
的歌。

037　离开群体，独自流浪

也许，真正的流浪是像父亲一样，归顺于他的土地。又
或许，是像那位青春期兄弟一样，将自己活成一个谜。

045 让我们在音乐中定居

世界上，很难找到一个完全没有自己音乐的民族，更难找到一个完全不接受音乐的人。每一个生命，都可以在音乐中定居。

055 聆听的尽头，是回忆

对大地上的一切，我们无须言说，只用安静地聆听。

065 一切都在隐忍中放下

原以为一个活得豁达的人没有悲伤，但不是。有时，人的悲伤能盖住他整个身体，延伸出另一重意义的内在和平——随遇而安。

073 做孤独而自由的行者

中国传统精神里面本来就具有"流浪"的气质，只是大部分年轻人失去了流浪的勇气。我们本该去生活，而不是去谋生。

与静默的灵魂相遇

081 漂泊者的归心之岸

仔细想想，城市不过是活人的公墓。虽然它灯火通明，车水马龙，但它早已埋化了人们的心。大部分人行尸走肉般地穿行其间，奔忙，索取，贪婪，盲目，烧心。

089　　几平方米，最终归宿

不管是对人，对物，还是对心灵。我们发出的每一个
信号，都希望得到某种反馈。因为没有人真正地甘于
孤独。

097　　对着空山狂喊，它会回应

我必须学会让现实存在之物消失，让心灵存在之物生
出。只有这样，山才是山；也只有这样，山才不是山。

103　　音乐是力量，茶是禅

远处一些白色的村庄，若隐若现，与人们的归隐愿望相
契合。茶林将村庄隔绝在孤寂处，人们在那里诗意地栖
居，与茶同在，与天地同在。

110　　在路上，并不仅仅意味着抵达

那是一段沉默的路途，是少数人抵达的荒野，是一个人
的清欢。

117　　于尘埃中，看到醒来的自己

我从广场、道路、溪谷、田间、禾下、树木、孤亭、同
行者身上吸取生命的经验，甚至赋予它们圣洁的想象。
在远离城市的西湖群山行走，同时走向另一个更归真、
更纯朴的自己。

生命就是归于宁息

125　　**每个生命都有自己独特的节奏**

一个不能在路上浪费任何时间的人，和一个总在路途中享受时间的人，自然无法同路。

143　　**远方，是我们种在心里的太阳**

音乐，成了我精神意义上的远方；而唯一能成为我地理意义上的远方的，是太阳。

155　　**一直往前，我们的归宿在何处**

他没等到春天，所以只能在漫长的冬日里将一棵椿树作为最后归宿。他或许知道，冬日一过，椿树会长出一种新的叶子，就叫春天。

171　　**能让自己平息的，永远是觉醒**

"落在一个人一生中的雪，我们不能全部看见。每个人都在自己的生命中，孤独地过冬。"

只想找个精神出口

187　生命内斗，我的孤独战胜了庸俗

于入世之中，漫步、流浪、写作、静默、画画、听音乐、喝茶、种地、创造等，本质上都是一种出世，是试图让孤独战胜庸俗的行为。

195　去流浪吧，世界到处是精神食粮

只要活着，就得思考，就得跋涉，就得追逐，就得孤独，就得产生物质，就得幻想心目中的圣地……就得永无止息。

205　伟大的歌者，能唱出我们的沉默

这神之居所上空随风飘荡的五彩经幡，映衬着我内心的居无定所，我要去哪里？这样的终极自问，让我变得沉默。

216　洗去尘埃，回归我的另一个生命

"有时候我对着岩石和树林叫喊，问一些问题，穿过山谷，或者用真假两种声音唱歌——'空虚的意义是什么呢'？回答完全是寂静，于是我顿悟了。"

228　后　记

从未厌倦追逐本心

闲晃笔记：一个陷于生活忙碌而又无法融入现实的人，渴望将自己放逐。于是听着音乐，搭上一列路途时间最长的火车去闲晃，与灵魂私奔。该路并不具有任何地理上的意义，完全可以选择大地上的任意一条，因为它背后的名字叫青春，叫生活，叫人生。一段路，一首曲，一次超越自我的哲思和对生活新意义的寻找。列车到站时，记得将心唤醒。

的确，社会生活里有很大一部分，我无心应对。

因此我急切地需要汲取新鲜的养分去满足精神生活，

以便达到某种平衡。

哪个才是
本来的自己

不想沦为芸芸众生的人只需做一件事，便是对自己

不再懒散；他应听从他良知的呼唤：成为你自己！

——尼采

1

站台上，列车员高举喇叭不断地催促着。所有人都在慌乱中寻找，蜂拥着挤向那一扇扇即将关闭的门。有人跑错车，有人跑错门，有人跑错方向，还有一个小孩被挤下站台。

只有我循着缓慢的脚步，踩着人流的尾巴，最后一个踏进车门。我的影子还在车外拖拉，列车已等不及，开始焦急地向前滑动。那是一列老式的绿皮火车，我在七号车厢。

　　车厢里一片混乱，不过我听不见他们的声音。耳机里循环播放着的平克·弗洛伊德（Pink Floyd）的那张音乐专辑《迷墙》，占满了我的耳朵。《迷墙》同时被拍成了一部意识流式的、关于精神世界探寻之旅的电影。我曾在无数个孤寂的午后看它，深植于心。因此，眼前车厢里的所有场景，配合着音乐，反馈到我脑海中就自动幻化成了与《迷墙》有关的画面——真实世界隐遁了，每个人的内心孤独被一堵封闭的墙所围困。

　　人们在围墙里面丢失了本来的自己。一边戴着面具麻木地生活，一边又极度渴望冲破那堵自己筑起的墙——一把社会性与精神性的双重枷锁。

　　谁不想丰满而自在地活着呢？

　　只是生命一直被重重热恼束缚着，像一棵攀满了枯藤蔓的树，经常有一种放不下、又摆不脱的无力感。我尝试去改变，于随波逐流的追求中停下，哪怕只是做一件微小但随心的事。可想追随内心，并不是单一的决定论那么简单。如同我们每一次看似不经意的出走，并不具备真正意义上的单独存在。可能它让你在心里做了很久的挣扎、筹备、抉择，以及因情绪能量累积导致的出逃之念达到爆发极限时，又契合了个人时间、物质上的充裕等条件才能达成。

所谓一场说走就走的行走，其实是一段很长的心理蜕变之史。

在社会性层面，我不是一个特别会表达的人，或者说不太习惯用语言去诉说自己。内心始终有一堵自我隔离的精神之墙。所以我只能回归精神性层面，去书写，去流浪，去随性，去泥土地里播撒希望。每当我身处城市丛林之中，于各种毫无情感交互的陌生人群和毫无归属感的繁华街道之间穿梭时，身体里无时无刻不在诞生着一种无法预知的出逃闪念——我想走出墙外。

那是对现有身心状态和外在处境的极度厌倦，是身体内各精神性格之间的相互哀鸣，是对重重热恼的抵触与辞别。有时想想，哪怕是和一棵树说说话也好。相较于人，我更喜欢和树说话。因为树比人更懂得倾听，更朴素真挚，更静穆寂然。

树即使病了，也永远是它本来的样子。

2

"我们都是墙上的一块砖。"你愿意永远做那块被各种社会潜规则和自我追逐封存在墙上的砖吗?你愿意在砖上刻出一首属于自己的诗吗?

或许,人需要时刻跳出自己的固有姿态,偶尔来一场对旧我的清洗。

罗伯特·巴乔曾是一名站在世界足球之巅的巨星,当他从绿茵场上走下来时,并没有依赖名声,而是悄悄远离世界足坛,一反常态地回到他出生的小镇,过着安静的隐居生活,跳出人们对他的固有印象。他说,那才是他本来的样子。

哪个才是我本来的样子呢?

脑海中闪现着自己过去人生中,曾经决绝地跳出固态的瞬间。

十五岁时,有了第一次离家出走。那年我上初二,长得有些营养不良,瘦小而面黄。暑假我常常独自坐在山顶,埋头不语,看着山脚下清江河里的船只。内心幻想着某一只船能带自己去远方。

山区贫困落后,日子永远重复着。每天要被父母呵斥着一头扎进农田里,锄禾,挖土豆,打猪草,在烈日下汗流浃背。别人都夸我是村里最勤奋的孩子。伴随着身体上的劳累和心理上的闭塞，终于有一天忍受不了了，我决定逃离那片大山。

于是我靠双脚从偏远封闭、没有任何公路的小山村走到河边坐船，花了三天时间才逃到从未去过的小县城，以为到达了真正的远方。那是我十五年的空白成长里，第一次看到很多的汽车、楼房、街道，第一次看到外面的人群，更似乎是第一次坐船。走在县城街道上，我忍受着一个孩子真正的慌张、自卑、饥饿以及对外面世界的新鲜好奇。

贫穷限制了我对远方的向往。身无分文且又年少无知的我站在县汽车站广场，失落而悲伤地盯着天空，陷入了长久的沉默。直到一个清洁工将我赶走。我流着泪扔掉了那些收集了很久的，从杂志上剪下来的一大沓武术学校招生简章和某些沿海工厂招学徒的信息。

我退缩了。从那时起，我意识到自己一点儿都不强大。封固着我的何止是一堵墙，更是一条长长的河，一座深深的山。

返回的途中路过一家新华书店，衣衫褴褛的我跑进去躲避太阳。发现书架上有两本书自己急切想要，又没钱买，于是将它们挟在衣服里试图偷走。不料出门时被店员识破。我吓得瞬间满脑空白，在店员的大声责骂中仓皇逃跑，结果一出门就被一辆疾驰的麻木车（三轮车）撞倒在地，差点儿没命。

我一下子清醒了。这给我的人生上了很重要的一课，以至于我长时间思索着贫穷、不劳而获和代价。

后来，一天未进食的我强忍着饥饿，扒上一辆巴士到了清江码头。看着那条从家乡奔流而来的绿色河流，我甚至都能感受到哪一滴水是与自家井水同源的，但我却回不去。

走投无路之际，只能对一位老船长撒谎说钱包被偷了，请求他解救我。好心的老船长将我收留，还带我饱食了一顿土豆饭。夜晚他出去打牌，让我独自住宿在他船上的小房间，我窥视到房间抽屉里有很多钱。某一瞬间，贫穷的心里又涌起贪念，但最终控制住了自己，没有辜负别人的善心。

这个细节我印象深刻，也庆幸那颗罪恶的种子终究没有发芽。

次日，老船长安排我免费坐船回家。多年以后，每当我路过那个码头，总会想起曾帮助过我的好心船长，以及那个年少出逃而又未遂的故事。也许，那颗永远渴望远方的心，那个时刻想做回自己的本愿，正是从那里有了第一次起航。

3

十五岁出逃没能成功，但初心一直存在。从少年时起，我就注定是一个无法安于现状的人。每时都在为奔赴一个不一样的自己而准备着，每时都有一颗渴望放逐的漂泊之心。

十六岁时，我终于光明正大而彻底地离开了家。和清江里的水一样，永远地奔向了大海。

那天，我在公鸡的鸣叫声中出发。背着一个破旧但被母亲洗得异常干净的帆布双肩包，怀揣着父母四处奔走借来的学费和村里所有人满满的期望，去了一个对他们来说很遥远的城市求学。母亲送我走了二十多里泥巴山路到达班车等候点。临分别时，她谨慎而有序地从穿在最里层的衣服口袋里，扯出一叠层层包裹着的私房钱塞在我手里。一直到班车启动，我们都没有说话。那时，连和父母说一句再见，对我而言都是一种难以启齿的表达。

车开动了，母亲流着眼泪沿公路向前挪了很久很久。我从车后窗，看着她那时还算年轻的身影慢慢变小，直到像蚂蚁一样……然后我坚定地转过头，随着班车一起走出了大山。

从此，我的生活轨迹发生了无法预知的变化。

一直到现在，这个画面还时常浮现在脑海中。每当我脆弱无助或遇到挫折时，总拿它来激励自己内心的那个勇者。而当年年轻的母亲，如今早已年过六旬。她常常默默地张望着村口，如此反复。那条印有我无数足迹的泥巴山路，已变成一条只有车轮印痕的乡村水泥公路。

或许，现在我已经实现了年少时的向往。只是从更深层次的角度看，正是从十六岁开始，我过上了没有根基的生活，成了真正意义上漂泊在大地上的异乡人。一个孤独的城市流浪者。

人的每一次逃离，每一次颠覆，是想让自己过得更好，这是每个人甚至每种动物都具有的天性。的确，我们应该更多地遵从本来的自己。否则，你只是墙上的另一块砖。

现实中，我显得较为内向、被动和随意。但在特定的时刻或群体里，又常常表现出异于常人的狂热主动和自信奔放。这是我身体里的两面性——飘于现实之外的自然随性和躲藏在现实阴暗处的自知之明——之间的碰撞。常常不知道哪个是胜利者。

在国企里的几年工作经历，让我充满挫败感。它不让我成为自己，永远只能做墙上的另一块砖。所有向上的希望，像被一堵巨大的墙隔绝着。偶尔用尽全部力气寻找到一束光，也不过是将自己所有的缺点照亮在体制这个舞台上。我始终没能成为一个圆滑世故的人，更没能与他们达成宏观价值上的吻合。那不是我自己。

我还发现，经常被领导用来给别人洗脑的大道理，永远只适用于掌握话语权的人。没有话语权时，即使有一千个理由，也只能沉默，或选择性地说一半，另一半，因所谓的尊重、自保、情商，甚至是可预期的徒劳感而绝望得逼迫自己隐忍掉。最致命的是，他们还早早地就给你定了性。

不清醒时，那种挫败感也偶尔诱着自己发声，那些人似乎要选择站在某个立场来聆听，实际上这个"选择"并没有发生，依然是一种先入为主的对他们所信之物的盲信。他们聆听你所有的一切，只是为了用另一场更知底的方式来击败你。于是，我学会了筑起一座阻隔交流的高墙，最终归于沉默和彻底的自我放逐。

4

我曾在很多树和石头上刻诗。后来，那些树都长大了，诗也跟着长大，只是它们再也不像诗，而是长成了粗壮的伤口。

石头上的诗没变。它虽然经历了日月的腐蚀，已不那么鲜明，但由于一开始就保持了自己的坚硬，始终还是自己。

它们让我明白了一个道理：想让心里的诗永远是诗，而不变成伤口，我们的内心就得像石头一样坚硬。回想自己，每天封闭在枯燥而充满心机斗争的办公室里烧心，躲避在一台电脑后面观瞻着整个世界并膨胀起心灵深处的抑郁情绪时，那些厌世、懒惰、平凡、静止、热闹又周而复始的生活，让我失去了感知世界的力量。

我看不到树上绿叶的新鲜，闻不到街上花瓣的芬芳，体会不到春去秋来的变换。可，这是本来的自己吗？

我根本就不想自己仅仅是物欲墙上的另一块砖，我还想去大地上印一首诗，想要有最朴素的生活和最遥远的梦想，想随心所欲而不是随波逐流，想成为本来的自己。

印度心灵大师克里希那穆提有过类似的言论："如果我们满足于赚钱养家糊口，那么我们就看不到生命本身。我们的生命伟大而神秘，内部运行得像一个庞大的国家，它的深度和广度令人惊诧。"

他还说，顺从，是没有创造力的流露。电影《迷墙》最后，男主角通过对自己在精神上进行的审判，最终将他心灵中的这面墙推倒，走到墙外。

我也要推倒那堵墙。对自己的生活做一次彻底的颠覆，以促醒我找到继续前进的能量。于是我睁开崭新的眼睛，脱离那份机械式的工作，忘却生命里的重重热恼，开始了一场随性的火车晃荡之旅——在大地上、在心灵中、在内观里、在精神幻觉之路途。

做一个遵循本心活着的人，那是对内心从未厌倦的追逐者。

永远追随
内心的热爱

大多数人在安静的绝望中生活，当他们进入坟墓时，他们的歌还没有唱出来。

——梭罗

1

七号车厢里有些怪异。

我之所以挤上了那列向西行进的绿皮火车，纯粹是因为它在路途上的时间最长——三十九个小时，差不多是从中国最东边穿越到中国西南角。这样我就有足够的时间，给身心一次顺应自己的节奏呼吸的机会。同时在与某种现实隔离中找回那个愿意遵从内心的勇者。

那是又一次寻找。我坐着火车随性地去晃荡，试图在放逐中触及生活的另一层维度。

由于票源紧张，我只抢到一张硬座票，并且是七号车厢的最后一个座位。进出那节车厢的每一位旅客都要从我的眼皮底下走过。我喜欢这种观察。然后塞上耳机，沉浸于一首枯寂又忧伤的歌——泪湖乐队（Lake of Tears）的《永远的秋》。"秋天就这样到来了／就在夜幕下雷雨咆哮的大地上／多云的夜晚／秘密变得明朗／夜却成了你／还有那雨中的秘密／永远的秋天啊……"

是啊，每年秋天到来，都是我出发的日子。只要能离开这儿，那就是我的目标。大学期间，为了组乐队，每年的秋天我都毅然踏上开往北京的火车，去树村、霍营、宋庄等地下乐队聚集的地方，看他们排练、演出、戏果儿，追随自己对音乐的热爱。也时常站几十个小时的火车，跨越若干个省份，只为奔赴一次音乐节现场，心想那样可以站得离梦想更近一些。那时的我，永远都在追随内心热爱的路上，永远热泪盈眶。

挤在嘈杂而充满异味的车厢里，这场景对我来说再熟悉不过。

后来的青春期，依然是为了追寻内心的热爱，我游走于全国二十多个城市间，经常靠逃票或拿张站票先混上车，然后垫张报纸蜷缩在过道某个空隙处。偶尔躲在餐车睡觉，直到列车员大声开骂还不愿离开。背包里总藏着黑旗乐队主唱所写的那本《上车走人：与黑旗摇滚在路上》，背了若干年却一次未读，幸好我能感受到它要传递的气息。再后来，在从新疆到甘肃的一列火车上，我在狭窄的车厢过道里站了整整一夜都没等到空位，于是焦虑中将那本书扔出窗外。它像一片叶子，飘落在荒芜的沙漠地带。

随它一起飘落的，还有我的青春。上车走人吧，我要看见南方的绿树和稻田，我要拾起柴米，筑起家园。

回想那时，拥有一个座位都是一种奢望。

所以，火车出行，在我的概念里并没有城市文艺青年们描述的那么浪漫，而被人们赋予无限意想的绿皮车厢，却是我那些年漂泊经历中最深长的痛。它集慢、肮脏、拥挤、混杂、破旧、不准时于一身。到处都是疲惫的面孔，值得艳遇的鲜嫩灵魂却一个都没有。

因此，我是一个喜欢铁轨多过喜欢火车的人。

2

踏上那列火车，从地理上，我并不确切地知道自己要去哪里，或将在哪里停留，也没有渴求自己能走多远。更多的，只是为了脱离熟识的一切，颠覆旧有状态，一路听着音乐，然后找个陌生群体体验一下脱掉生活外衣的自在感。

一切随性而为。

和刚出发时的焦急不一样，那列绿皮火车在路途中的最大性格是慢。它像一条饿坏了的蛇，吃力地爬过沪浙皖赣地区，一路拖拖拉拉着晚点。车厢里各种抱怨声不断，它们盖过音乐声传入我耳朵。双腿时不时被上下车旅客的行李箱撞来撞去，我努力克制着内心生起的反感情绪，不断暗示自己要学会隐忍，当作一次行禅。

同时，我发现七号车厢是一个怪异的存在，它一头喧闹无比，另一头却寂静无声——因为坐着几十个特殊教育学校的聋哑人。看着他们像观看一部默声电影。仿佛我们坐在同一个课堂，它一边教人说话，一边使其止语。

走走停停的火车让人心生疲惫，才路过江西境内时我暗自设想着要不就先在湘西下车吧，可以看看那里少数民族的栖居状态，还可以去沈从文笔下的边城。平日每当别人知道我是土家族人，总会下意识地问我是不是生在湘西。

其实，我出生的鄂西南与湘西紧挨在一起，属于同一片土地，也是同一种文化起源。

原始的土家族人们将楼房建成一体，他们爱太阳，爱群居。而我，喜欢独行。

没等火车到达湘西，我就提前下车了。那时刚进入湖南境内，株洲站。当然，我本无周全的计划。只是一开始选择路途时间最长的一列火车，于我已经失去了意义。我还是习惯按着自己的节奏，晃晃荡荡。

下车时已接近午夜，我投奔了株洲报社一个记者朋友。他是我在很早的时候结识的一个文学青年，虽然经常要三五年才能见上一面，但彼此并没有过多的客套。这是我们对青春稚嫩期相识的一份特殊信任。

他也曾写小说，常年混迹于各大文学网站追求梦想，却始终怀才不遇，后迫于生存压力，只得南下深圳、广州等地为了物质而奋斗。但纯粹的物欲追求让他找不到归宿，几年以后选择了叶落归根，寄身于小城市。

我们都曾贫困地坚持过青春理想，也毫无羞怯地得到过彼此的饭钱救援。甚至在他大学还未毕业时，独自坐很长时间的火车去武汉找我，然后我们在醉后的午夜街头，提起啤酒瓶一起喊着民谣歌者尹吾的歌："你说存在的都将无意义／所以活着需要勇气／我说你别再喝了／

明天还得赶路呢／你说走他妈再长的路／还不是通向坟墓……"

他越喊越大声，越喊越亢奋。昏黄的路灯下，他顺势将自己空空的钱包狠砸在地上。走了一段路后，他突然转向安静，又低吟起卡夫卡的诗："旅途是那么的漫长啊，如果一路上我得不到东西，那我一定会，死的。什么口粮也不能搭救我，幸运的是，这可是一次，真正没有尽头的旅程啊！"

我知道他真的醉了。那时，我们的青春总显得有些悲情、落魄。

此后几年，我们都投入各自的追逐中，甚少能相见。

不过每逢我到长沙，无论多忙他总会赶赴过来相聚一下。只是我再也没见他醉过。反而是我，常常只有在酒醉中才是清醒的。

我从火车站到达他的住处，一个很老旧的出租屋。房间最醒目的位置摆放着一把木吉他。我知道他并不会弹，或许那是他难得的一份生活情调和诗意吧。随着时间蜕变，他已经成了一个懂得知足的人，心甘情愿埋入凡常生活。

"我没什么追求了，在这小地方生活，唯一的好处就是能让我安静地写点东西，算是回归了初心。"

尽管已凌晨，我们依然直奔街头夜市点了一个辣辣的火锅。他一边给我开啤酒，一边说。我大喝了一口啤酒，望着空落落的街，体会到整个湖南最让我迷恋的，始终是湘菜的味道。特别是在江浙温度适宜地带生活久了，对于正宗湘味的怀念更显深刻。

这如同一个在生活中奔波久了的人，最终左右着他做某些归宿抉择的，可能只是内心的一些小热爱。

3

次日，我决定继续向西，并且依然执迷于全程三十九个小时的那趟火车。它每天从上海发车一趟，不过我只买到三天后的票。这意味着我还要在株洲停留三天，于是我坐上了最近一趟去长沙的火车，准备先逛一圈。长沙是我熟悉的地方，街头都留有我青春期的稚嫩回响。

两个小时后到达长沙的青年旅馆。整个下午，我就在那间小小的房间里阅读一本关于美食哲学的书，然后趴在旅馆白色的床单上记录一些简短的句子，无处可去，使享受那份静处。

"秋天就这样到来了／在那十字街角带着倦意的小旅社／还有那夕阳下的篝火旁／夜却成了你／还有那雨中的

秘密／永远的秋天啊……"我一直聆听着泪湖乐队的《永远的秋》，这是最适合秋天听的歌。

临近黄昏，我走到了太平街。就着耳机里的音乐，想起长沙曾经有一位理想主义乐手在太平街开了家独立小书店，并且他当时还找我要了几本签名书。于是我想去找那家书店。逛了几圈没找到，随后才得知书店倒闭了。当然我那些书也不值一提，不过是青春期过于形式感的荷尔蒙产物。那时，我是一个关注社会表象多过关注内在的写作者。

人总在不断地丰富自己并堆积成长经验，也不断地抛弃旧有的、不成熟的认知，以至于最终形成属于自己的、牢固的哲学观和价值观。世界上的万事万物每一刻都在发生变化，人亦如此。

在太平街上路过几家唱片店，随意进去逛了逛，没有发现属于这个城市的声音。遥想当年，湖南地下乐队数量在全国都属前列，遍地是诗人和乐手。落、拆、来自上帝的爱、木马、十三乐章、青蛙、精神糖果、反应堆、48V、短路、暗月冥、修之叶等，随便都能念出一长串当年活跃的乐队名字。现在他们早已被一些娱乐节目里的娱乐声音所淹没，精神文化失去了生根的土壤。

我从其中一家唱片店门口贴的海报上，得知河西的**46LIVEHOUSE** 有一支外国后摇乐队正在演出。后摇一直是我最钟爱的音乐风格，立马打出租车追随过去。

可是等我赶到现场时，演出已结束。看着空荡荡的舞台，不免有些忧伤，感叹每天总在无形的时间中错过了想要的追逐。如同人生中的那些热爱，当我们懂得正视它时，它早已流逝。

深夜我回到小旅馆，一觉睡到了自然醒。

时间一晃又到午后，在一个长沙本地朋友的带领下走到了酒吧一条街。她断言，"那里肯定有你喜欢的东西"。其实，我早已远离那些靠灯红酒绿麻醉自己的生活了。

白天的酒吧街大门全关闭着，狭窄的小巷子显得格外安静，走在路上能清楚地听到自己的脚步声。也许，我们不会想到，任何事物都有它的两面性。一个夜晚那么吵闹的地方，白天却如此寂静。人们喜欢以眼睛看到的某一面去定义事物，以至于常常产生错误的认知。那不是准确的整体，因为眼睛也有其局限性。

走到酒吧街中央，她顺手一指说，她最喜欢的一个酒吧歌手就在那家驻唱，只因为他会弹唱她喜欢的几首民谣。可能民谣里正好有属于她的故事和回忆。那是一件很私人而隐秘的事，但让她迷恋。每隔一段时间，她会偷偷地坐在台下听他唱歌。

从她的话语间，隐隐感觉到她是爱上了他。也或许她爱上的是对已逝青春的无可捉摸，是对自己在现实中碌碌无为后的一种曙光渴求。我了解她一直热切地梦想成为一名舞蹈演员，经常凌晨两点还在独自练舞，陪伴她的是镜子里自己的影子，和满身的汗水。而生活又迫使她一步步妥协，放宽自己的底线，偶尔在他人的身上听听梦想的回声。

"不是谁说过吗？没有信仰的人是精神上的残废。最终成就我们生活的，是热爱。"她很倔强地说着，并且发誓将来要开办一所舞蹈学校。现在，她已走在实现梦想的路上，带了六十多个学舞蹈的小孩。

4

生命苦短，我们应该抓紧时间去做自己的事。可面对杂乱的无效社交，该如何去拒绝呢？

很多时候，我是一个较被动的人。每到一个地方，或许内心会渴望融入陌生群体，但又害怕面对，不知道该如何去和他们自在地交往。总觉得是处在一种彼此迎合的关系中，远不如一个人自由自在。所以，有些陌生群体让人只想躲避。

株洲报社那朋友也跑来长沙，逛完酒吧街的我被约去某书店参加一个文化晚宴。主角是北京的几个媒体主编和一群当红作家，他们正好在长沙一家书店举办一个读书讲座活动。他作为媒体记者，已经熟谙这些社圈交际。而我还一直停留在自己构筑的围墙中，总自闭着不想见人。特别是见所谓的名人，一大圈人相互迎合着恭维，那不是真实的自己。

没什么比自在更重要了。

可我又不懂得怎么拒绝，后来索性关掉手机，独自跑去一家餐厅吃辣辣的湘菜。估摸着他们的饭局快结束时，才重新开机。不料报社那朋友还是执着地催促我过去书店那边彼此见个面。我不好再推辞，于是硬着头皮闯了过去。脑海中瞬间想起了腰乐队的一首歌——《做一个不客气的旁观者》。

书店里，我基本没说话。在那种场合中我总是习惯将存在感降到最低，纯粹礼貌性地陪他们熬到了很晚，然后散局。我像从一场绑架中挣脱一样，用最快速度跳上一辆黑车，和报社朋友一起摸着黑一路南下，回到了株洲。

刚到，他马不停蹄地又带领我奔赴另一个陌生局，不过这个我喜欢多了。是在某个五楼的咖啡馆里，一场由当地年轻人举行的民谣弹唱会，几个大学生模样的歌手在舞台上轮流弹唱。简陋的演出设备、小而低矮的舞台、略显业余的歌声，所有这一切对他们来说都不重要，重要的是，他们正在追随自己想要的飞翔方式，正在用他们的方式表达自己的热爱，正在用自己的热爱去填满空落落的青春。

　　这样的一场演出活动，几乎聚集着当地所有不甘寂寞的文艺青年，他们相聚一堂，弹琴言欢。演出结束后，大家一起搬几箱啤酒去湘江边，生起篝火继续畅谈稚嫩的理想，勾引纯真的爱情，疯狂地消费着青春构思。从他们身上，我仿佛看到了自己青春期的很多影子。

　　几箱啤酒过后，我躲到一旁，静悄悄地卷起裤腿走进江水中。若隐若现的火光照射着我，双脚浸泡在有些冰凉的江水里，任由波浪冲洗。就在我抬腿转身的瞬间，又一次看到了青春期用篆书纹在左腿上的那句话："永远追随内心的热爱"。原来，它们并没有因为时间的流逝而褪色。

大地之门

一直

敞开着

我们活着只为的是去发现美。其他一切都是等待的
种种形式。

——纪伯伦

1

"逃吧／有一些门是开着的／这条路也许是最黑的／
但我猜是最近的。"我听着红房子画匠乐队（Red House
Painters）的歌，离开那些年轻人群体，踏上了开往下一站
的火车。延续出发时的同一条线路，但那列绿皮火车变成
了暗红色，它似乎要用它的色彩唤醒人们去远方的热情。

毕竟黑色有些压抑，白色太过单纯，绿色又显得有点青春，唯有那种暗红色在秋季给了我一种厚实的、收获的感觉。看到它的第一眼，我就喜欢上了那列红色火车。并且，我开始接受它的脏和慢，甚至渴望它更慢一些。因为理想的秋天，是坐着它在大地上晃荡。

　　我并不疯狂，只是热爱自由，那是心底一颗随时等待萌芽的种子。

　　世界上只有一个田禾，也只有一个你。所以，每个人都是唯一而独特的。我们要做自己的神，顺着自己的感知而行。我们活着，就是要每个瞬间都做自己的事，体验生命中的一切不可思议之物。敲开通往知觉的那扇门。

　　只有一个人生，要与灵魂私奔。

　　火车在湖南境内前行。它跨过宁静的田野，钻进大片的高粱地，然后又不知道爬过了多少个山岗。它庞大的红色身体贴在大地上，显得格外耀眼。大地敞开着怀抱，从不对任何东西设门。飞鸟、火车、动物、行人、雷电、风雨、声音等都可以任意地在地上奔驰。

　　有一些光着身子的孩童在铁路边欢笑，只有天空才是他们的门；不远处有戴着草帽、背着背篓在田地里忙碌的庄稼人，只有月亮才是他们的门；成群在向日葵地里觅食的鸟儿，只有彩虹才是它们的门。

火车偶尔会停靠一些不知名的小站，有时我会下去买食物。一些当地农民挑着几麻袋麦子或其他粮食挤上车，汗流浃背地站在车厢过道里。搭车的那一小段时间，是他们每天唯一能停歇的时刻，车门即他们的停歇之门。所以他们是满足的，是真正懂得活在当下的一群人。

我多想冲每一个勤劳者，都喊一声"父亲"或"母亲"。

坐久了有些无聊，无意中发现旁边的车窗上有一只蚊子，它一直渴望奔向光明之门，想尽一切办法要逃到窗外，于是整个下午就在车窗玻璃上转来转去，不停歇。以它的视野，肯定看不到它的徒劳——无论怎么转都在原地，直到把自己耗尽。

对它来说，那扇逃出去的门是关闭着的，关得很紧。那份光明是虚拟的，遥不可及的。但这不代表，它不能接收到光。

如果一种动物没有超越精神，任何门都将无意义。人类只不过在一片更大的车窗上挣扎而已，它也许是一列火车、一个村庄、一个城市、一个国家、一个地球。我们时常受限于自己的视野与境界，也看不到自己的徒劳，总是寻找那扇物理意义上的大门。神圣的东西停留在人类意念的层面，光明本就不是物质体的存在。开着的门不在远方，在心里。

一个对世界严重自闭的歌者，却经常唱出打开人类心灵的歌。

2

　　我喜欢湖南的山脉，它从不彰显自己，反而更像一个个孤独的隐士。半躺在土地上，生怕被人发现了它的存在，继而打乱了它的生活。它也不吹嘘自己的神性，它只是山。

　　两山之间，像一道道通往未知深处的大门。我随着火车，从那些门里穿过。一路聆听，红房子画匠轻声诉说着内心的纯粹。

　　主唱是个严重自闭者，他把自己关在卧室，只用音乐来诉说。不喜欢被采访，不喜欢拍照，活得敏感而封闭。他有着一个富于创造力的歌者不可避免的宿命，一个复杂多变的灵魂。但他的音乐是开放的，是融化的，是静谧的。

　　同样的，中国古代思想家老子是在因受够了囚锢而逃亡的路上，于关口处写出了《道德经》，一本十分开放的书。所以，一个断绝了外在知觉的人，往往有多于常人的内在体验，回归心灵之门。

　　我记起了一个喜欢红色火车的小孩。

　　他是我一个女性朋友的孩子，三岁之前聪明可爱，突然有一天，他不再说话了。在他失语了两个月后，父母才发现这个问题。从此，他只对一种颜色——红色敏感。他成了一个患有自闭症的小孩。

这一下让他父母受到了沉重的心理打击，他们开始隐退出朋友圈，沉默着度过了大概两三年时间。在那几年里，他父母从没放弃过任何一份希望，天南海北地跑医院和各种治疗中心，拜访各种民间高人甚至风水先生等，花光了全家所有的积蓄和精力，最终抵达的却是失望之门。

无奈之下，他们将小孩送去特殊教育学校，但小孩总是狂躁乱叫，无法安静下来，只有他妈妈的声音能唤住他。

不过在全国各地跑的几年间，他们发现，只要一看到红色火车，小孩立马能变得异常安静。并且他喜欢在车窗上画画，不断地画火车、画太阳。所以此后的好些年，他妈妈索性就带着他全国各地坐火车，力求在安静中增加他对外界的兴趣，但始终没能打开他对其他事物的兴趣之门。

人于彻底的绝境心理体验中，往往能塑造最伟大的灵魂。

现在那个小孩已经十岁了，绘画成了他通往外界唯一的门，并且画得超出常态的好，他甚至可称为一个天才小画家。只是他的画永远只有一种色彩，极端的红色。他妈妈在经历过无数次的心理冲击后，也开始变得坦然，发自内心地感激上天赋予她的这个新生命。她不断地帮孩子办画展，策划各种自闭症公益活动，写一些关爱星星小孩的文章等，俨然成长为一位自闭症心理导师。

他们都在另一层星空里活出了开放的心灵。小孩找到了自己对待世界的方式，父母获得了对爱、对痛苦、对压力、对生命体悟上的灵魂升华。

两山之间，必有一门，世界从未真正地对任何人关闭过。

3

孤独是人生的本质，是生命的真相。红房子画匠的声音，太孤独，它适合一个人的旅途。在绝对的静谧中推开观感之门。

树木从窗外划走，听不见风声。心也随之安静。火车路过湘西怀化时我放弃了在沈从文故乡停留的计划，选择了直接奔向西南地区，途中需穿越大片云贵川山野地带。

听累了取下耳机，脑中却反复响起另一种歌声，是曾在西湖边碰到的一个流浪歌手所弹唱的，《火车开往远方的城市》："火车开往远方的城市／一路重拾青春的歌声／发黄的铁轨／卸下了重担……等我们老去／带上木吉他／回到自由简单的时光。"

他每天提着个小音箱，背着把吉他，驻扎在西湖与河坊街之间卖唱。每次，他都会唱起这首歌，以至于我碰到的次数多了，不知不觉中已将这些声音印进了脑海。歌词记述的一如我在火车上的心情。后来获悉，还没等老去，那个流浪歌手已经离开了杭州，带着他的吉他和疲惫的心，回到了远在广西的村庄。

他和他的歌声消失了。

行色匆匆中，我们都走在飘摇不定的路上。也许人生在世，无论是流浪歌手，还是街头的一名清洁工，每个人都在寻求改变，都在尝试到底用什么才能填满自己的未来。期盼了很久，关于生活的那光芒和粮食依旧没有出现，我们不得不去寻找另一扇门。

走过一扇门时，总渴望下一扇门。不一定是因为喜欢，也许，仅仅是因为心无定所，无归宿，太飘于外在。如同我们总渴望另一种生活，想去河的对岸。我们给火车预设一个终点，但终点的人们，依然在外逃。正如三毛所说，心若没有栖息的地方，去哪里都是流浪。

深夜，火车在贵州境内穿过一个又一个山洞。我躲在黑暗中的卧铺上，感官格外敏感。进洞，出洞，再进洞。仿佛一次次地脱离生活之门，又一次次地被逼着再陷入。

从中部到西南二十多个小时的行程，我一直没有入睡。就那样躺着，回想着自己多年的漂泊生活。仿佛一棵并不坚定的小树，脱离大片森林，抵抗着风雨，只为寻求一点单独的阳光，同时又还未有坚固的根基。一边在与自然生态的妥协中寻求和谐生存，一边要努力给自己施肥，好让枝节繁茂。

火车呼呼地带着我向前，可是，我还有回头路可走吗？

从我们脱离母体时开始，就一路在跌倒中摸索经验，积累习气，在迷茫和难以预料中向前冲去，哪怕前方的路沟壑密布、悬崖丛生。撞得自己头破血流，同时也彻底关闭了回头之门。

或许，火车出行最直接的好处，就是能给自己一大片沉静的空白。然后在空白中，观察一下内心和反省一切过往行为，心性因此多了一次改变的潜在机会。只有合理地认知到自己的缺陷，才是让心转向圆满之门的前提条件。也只有看到自己身体里的阴暗面，才知道需在哪里开出一道光照之门。

4

天亮时，火车还远远没有到站，车厢里的人们便开始急躁，早早地洗漱，收拾好行李，想随时逃出车奔向生活之门，仿佛要去争抢第一束光。

我从卧铺上翻了个身，将头探了出来，突然被一个中年妇女的惊叫声吸引。只见她趴在车窗上，对着外面的景色高呼："快看，好多的山，山上全是各种漂亮的房子。"

整个车厢只有她在欣赏窗外的美景。

而她的欣喜声瞬间被埋没在他人的忙碌之中，没有人理睬。我顺着她指的方向看了一眼，然后她对我报以礼貌性的一笑。

那时我出于好奇，打量了下她全身。她衣着素净，静观着窗外，面前的小平台上放着一个普通茶杯和一本书。我对她更有好感了，她应是一个热爱大自然的人，又有着淡然而充裕的知足。可是当我的目光再往下移时，心刹那凉了一下。她竟然没有双腿……然后才注意到她旁边静静躺着的一对拐杖。

脑中第一联想，是那个山谷里的居民，民谣歌手小娟吗？转瞬一想，又觉不是，只是她们有着共同的脱俗恬静与朴素气质。

如果按照惯常的习性，我不会主动去搭理一个火车上的陌生人。但我在努力放下那些不必要的傲慢心，破除自我之门。懂得要随缘，即使我们每天路遇的一面之物，也是源于缘分，更应懂得随和而无分别心地去结识身边的一切。于是，我主动和她说话了。

可耻的是，最初我心里抱着的还是一份打探和同情心。她礼貌而亲切，交谈瞬间变得顺其自然。原来她是台南人，每年秋季都会来西南地区，探望几个她资助的贫困山区的孩子，并在那里支教两个月。她说，那些孩子太需要帮助了。如果我们不伸出援手，他们就将失学，然后一辈子在山区走不出去，又继续父辈们的生活。德兰修女说过，我们都不是伟大的人，但我们可以用善良的心去做生活中每一件平凡的事。

她很健谈，伴随着她的台湾腔，车厢广播里播报着列车晚点的消息，引来那些急于出逃的旅客们一阵阵谩骂。我和她都不是急性的人，干脆安心坐下来聊天。心想：多认识一个人，也多一分对世界的了解。她说她并不急于赶时间，所以每年都会选择坐这趟行程三十多个小时的火车，看看沿路风景，当是一次清心旅行。正因为这趟火车慢，才能找到她最想寻找的状态。

我担心触碰到她的心理敏感区，并不敢多问她的身世。但她是豁达的，主动告诉我失去双腿的原因，是小时候父母不在身边，她掉进柴火坑烧断了两条腿。"能捡回一条命，很满足了。"她说。我脑补了一些画面，心想她一定有很多的成长故事，很长的心路历程，只不过她的故事隐在了岁月的脸上，让她懂得了从大自然细微之处获得快乐之道，懂得拉开感恩之门。

火车进入昆明站，她还满脸祥和地说："其实我失去双腿，是上帝不想让我再劳累着赶路，那我就应安心听从他的旨意……"

下车时，我帮她拿着行李走出站台，在广场上告别。默默看着她随拐杖一起离去的背影，我意识到自己的渺小和懦弱，也意识到自己常常因为一些小小的失去、挫折而变得沮丧、消极、退败。

其实世界之门，永远敞开着。可我们的心门呢？

离开群体，
独自流浪

从我们与别人的冲突中，我们创造了修辞；从我们与自己的冲突中，我们创造了诗。

——叶 芝

1

"如果我必须当一分钟其他人，那个人可能就是科恩。"鲍勃·迪伦说。假若把该句式丢给我，我也有一个人选。不过他消失了。当年正是他带着我在武汉大学门口，从一支朋克乐队主唱的地摊上淘来了一张莱昂纳德·科恩的打口碟，让我迷上了这个可以疗伤的文学吟唱者。

那个卖打口碟的朋克乐队主唱，与一位来自北方的知名女作家，经常在长达半天的欢乐里，用身体演奏出一首简单重复的歌儿。在他们眼里，那就是青春，仿佛一棵春天的树。

可我的青春，并不是这样的，无关任何的身体解放。我只是在永不间断地离开熟识的一切，进行精神和人格上的独立升级。

火车穿越黔东南山区到达昆明，我有些疲倦了。科恩的声音，像一位饱含爱意呢喃着的母亲，不断抚慰着我快熟睡的心。车站广场异常热闹。我没有直接坐出租车离开，而是背着双肩包先随意地顺着各种不知名的马路散步，一条条地走，感受那个西南城市的气息。

穿过陌生人群，努力寻找记忆中的春城模样。那是我第一次在秋天到达。但那座城市首先让我联想到的是一位老诗人、一支怪异的乐队、一家小文艺书店和一个消失十年的青春期兄弟。

对，我一直记得那个消失了的青春期兄弟，一个崇尚凯鲁亚克的嬉皮主义者。通过他，我知道了昆明的那位老诗人；通过他，我听说了那家由一个鼓手开的麦田书店；通过他，我接触了那支风格怪异的艺术摇滚乐队；通过他，我却始终没有明白他。

他将自己活成了一个谜，独自流浪于生活之外。

2

九月的阳光还很强烈。我在街头晃荡了很久，发现到处都是自己热爱的炕土豆。本地人叫洋芋，和我老家一样的叫法，一样的口味。每路过一个卖炕土豆的摊点，都恨不得买上一盒，然后浇上厚厚的辣椒饱食一顿。在那个西南城市，秋的收获和气息没有寻到，却意外地寻找到了旧有的味道。

想起很多年前，我对一个电台女主持人说，我喜欢九月。于是那年整个秋天，她就在电台节目中轮番播放许巍、朴树、绿日乐队（Green Day）的《九月》给我听。随着成长，那种单纯的美好再也寻不回。后来呢？都走在各自的人生之路上，彼此无须告别就已走散在时间之中。

成长，是一个不断离开旧有的过程。

但那位消失了十年的青春兄弟，还记得那七个土豆吗？

他是昆明人，也可以说是个昆明诗人。虽然从来没见他写过诗，但他的行为像一首诗。在那个到处都是土豆的城市，他应该不会再感到饥饿。

若干年前，我们都在武汉上大学。那时我们还都留着一头长发，习惯于我行我素，是校园里的另类。我们脱离群居的寝室，在校外一些小巷子里租住村民房。有时他住南门，我住东门；有时他住东门，我住南门。总之，那几年都没能逃出学校周边那个大圈，终日游荡于周边城中村混迹青春。

有一段时间我们甚至幻想把那些城中村发展成"格林威治"艺术村，成立一个乌托邦理想国。

他疯狂地热爱诗歌、电影、酒精，受法国新浪潮电影和美国垮掉派文化影响较深。有很多女孩子追他，常常会有人将鲜花送到他租住的楼下，或是在他回出租屋的某个巷口堵他。他几乎不上课，与学校的唯一联系就是他会经常组织一些电影主题活动，定期去教室给大学生们放他们没接触过的先锋电影。

因此，他昼伏夜出，整日躲在出租屋里看电影，拍DV，拒绝姑娘。而我那时也一样，写小说，玩乐队，看演出，穷困潦倒。他时常为怎么拒绝姑娘而苦恼，我时常为怎么躲避房东催租而苦恼。

记得差不多有两年的时间，我们每个夜晚都在学校南门或东门外的某个夜市摊上谈论理想。又常常凌晨提着几个啤酒瓶去逛校园，甚至半夜在雨中踢足球，然后和干涉我们的保安打架。

毫无疑问，他是那个阶段陪伴我最多的青春兄弟。冬天里的一日，他站在七楼出租屋的小阳台，给我发来一条超现实主义而又无比忧伤的短信："我穷得只有七个土豆了。救我。"

3

其实，我比他更少，常常穷得只有两个土豆。还每个都腐烂了一半。

再后来没过多久，他在没有任何征兆的情况下突然退学离开了武汉。那年他大四，离毕业只剩最后一个学期，老师们都替他惋惜。

某天，他们系主任设了一个鸿门宴把我约去谈话，说可能是我的行为影响了他，弄得我满身怀疑。可是回头一想，我有这么大影响吗？我们只不过是追随同一种理想同一种生活方式而已，我们都是灵魂上的独立个体。

终其一生，每个人的路都只能由自己负责。

他迅速而隐秘地离开，我跑到他七楼的出租屋，只看到里面留下一堆空空的啤酒瓶和几箱书，阳台上散乱着几个已被太阳晒绿的土豆。他的离开，像是自我导演的一场行为艺术。我从纸箱里挑出一本《达达主义》收藏纪念，和他曾刻给我的、被他命名为"以青春的方式告别青春"的碟片放在一起。我们再也没有见过面，从此失去了彼此的消息。但我知道他在昆明。

《无量寿经》中说："人在爱欲之中，独生独死，独去独来，苦乐自当，无有代者。"生活中，每个人都在不断地朝着自己的方向前进，也在不断地离开旧有的群体。

将近十年过去了。在我到达昆明之前，曾试图找他，甚至将手机铃声设置成科恩的音乐，以便他呼叫我的第一下就能听到熟悉的记忆。

后来我还是放弃了。同一个太阳底下，有那么多的人出生离去，同一列火车上，有那么多的人上车下车，我们不可能一直同行。努力攀附旧有的关系，并不一定是对美好的追忆，有可能是一种破坏。更何况十年的时间，早已改变了彼此。我们都不再是过去那个人。

他，或许早就忘掉了我，以及那段垮掉般的青春。他的忘却应像当初离开学校时一样果断。

总之，世界上的所有事物都在无常变迁，每一刻都是崭新的。我们必须不念过去，勇敢地离开旧有群体，独自去新生活里流浪。

4

燕雀喜欢成群结伴，雄鹰向来都是独自飞翔。

不同的物种，不同的生命，有它们对于生存方式的最利己选择。我们不能仅以自己的意志就断定燕雀比雄鹰平庸。也许燕雀天生喜欢享受在群体中的狂欢，而雄鹰也不一定就能忍受那份独飞的孤独。

都是命，天生的。

祝愿那位青春期的兄弟，我们活着，请继续以你自己的姿势去飞吧。

"坚持 / 坚持 / 我的兄弟 / 我始终将会找到我的生活规律 / 冲破黎明 / 冲破黑夜……"科恩的歌声一直未停。

昆明是一个光照特别好的城市，白天拉开窗帘，太阳直直地射在房间里的植物上，照热每片叶子和每寸泥土。但我不追逐太阳。在那待了三天时间，我哪儿也没去。一直在酒店房间里阅读书籍，饿了就散着步去街头吃土豆。我大概是世界上少有的因为土豆而爱上一座城市的人。

随着晃悠之愿，我准备离开那儿。收拾完行李退房时，看到走廊里到处放着的花束，脑中突生一个奇怪的念头：去当一个养蜂人。那样可以在山间闲走，饮茶，观月，吹风。与燕雀共群欢，与雄鹰同孤独。

用一辆大卡车带上所有家当和几十箱蜜蜂，走到一个地方住上几个月，然后又奔赴下一站开启新的短暂生活。永远追逐着花季，永远充满下一站的希望。做个大自然的流浪者，融入每一个地方群体，最后又陌生地离开。

全世界每一寸土地都是家，每一朵花都是粮食。在离太阳最近的地方，感受它的光芒万丈。同时，培养人性的豁达与贴近大地的能力。

想起父亲常说，他老了坚决不跟随我们到城市里居住，而是独自去放羊，种植土豆，在老家那大片的后山，那是他和他的庄稼生活了一辈子的地方。他像一位哲学家一样忠诚地守护着它们，并在那片土地上经历自己的人生。

而我，总是企图脱离生活，渴望满世界寻找。但每个人的一生，只能由自己去独自体验和完成。我们是自己生命之旅的撑船者，我们的生命之船最终将漂泊到何处，他人无法决定。

是的，"人在爱欲之中，独生独死，独去独来，苦乐自当，无有代者"。黑格尔在《美学》里也有这样一段告示："每个人都是一个整体，本身就是一个世界，每个人都是一个完满有生气的人，而不是某种孤立的性格特征的寓言式抽象品。"

那让我吃着土豆，继续去大地上、去时间里开始我的生命流浪吧。也许，真正的流浪是像父亲一样，归顺于他的土地。又或许，是像那位青春期兄弟一样，将自己活成一个谜。

让我们

在音乐中

定居

对每个人而言，真正的职责只有一个：找到自我。

然后在心中坚守其一生，全心全意，永不停息。

——赫尔曼·黑塞

1

不知道是为了什么，我从祖国最东边一路火车坐到西南角。短暂停留，然后朝着西北的方向，又坐上了另一列绿皮火车，从昆明到大理。

人们夸张而戏谑地说，那是世界上最慢的火车。

我开始喜欢上这种慢性，喜欢这样漂在广袤的大地上。在现代交通如此发达的今天，难得体会到两个地方因为距离而产生的神圣之美。

很早以前，我去过一次大理，和一个玩乐队的兄弟一路醉着去的。但这一次，我一直醒着。尽管在火车上，我拧开啤酒瓶，狠狠地喝了几大口，不过身体里的感知系统正在变得麻木。这样也好，或许是对未知事物的一种净化。

车厢里满是浓浓的烟味，我将脸靠近车窗玻璃，似乎想从窗外的黑夜里寻找点什么。外面什么也没有，除了自己透在车窗玻璃上的影子。车内灯已熄灭，我的孤独像酒瓶一样随身携带。

于是我没完没了地听歌，好让空白的路途有个精神居所。大门乐队 (The Doors) 一直喊着"点燃我的火焰／点燃我的火焰"，可我的生活始终没有什么火焰。不但没有点燃，反而一直在熄灭。

火车走了整整一夜的时间才到达大理。我从火车站坐上八路车奔向古城，没有什么比一个人更独立自在。我一直喜欢把自己置于一个完全陌生的地方，渴望热闹时可以随时融入一个纯粹陌生的群体，来去自如。甚至可以随时从这个世界抽身，没有人在意。

好像除了孤独和影子，自己真的一无所有。

我常自问，这样虚无缥缈的晃荡有意义吗？我想应该有吧，很多时候我们正是在虚无缥缈的漂泊中，明白了心之归所的定义。

2

　　古城墙上有一些画画的年轻人，他们画着天空，画着希望，画着未来，却没有一个人画自己。

　　我站在古城墙上，心里有一种莫名的熟悉感，瞬间联想到几千公里之外的荆州。正是在那个中原小城市，我经历了三年最稚嫩的求学岁月。

　　那时，我一个孤陋寡闻的乡土小孩，突然要融入一个城市群体之中，巨大的现实落差感催生着我的自卑和孤僻。那正是一个年轻人打开精神之门和性格定型的关键时期。三年之后，我离开那儿去了武汉上大学，可这种自卑感和孤僻一直附在我身上，成了性格里的阴暗面。无论之后选择何种骄傲的姿势，它留给我的阴影再也没能抹去。我没有朋友，每天和一个破旧的收音机待在一起。

　　是一档电台节目让我接触到了摇滚乐。从此，摇滚乐消融了我和我所有的缺陷，并让我学会在音乐中寄居，以获得某种向上的精神力量。

　　我突然意识到，人和城市一样，都有其特定的宿命。

　　虽然在同一个太阳照耀下，接收到的光度却完全不同。一如这同样的两座古城，有着不同的命运。大理，虽然也经历了各种兴亡变迁，但它依然祥和、富裕、安定。反观荆州，若不是因为三国文化，它早被人遗忘了。一个是背靠苍山、面朝洱海的富饶宝地，一个是大江穿心东去、无垠平原之中的一座孤城。更为悲哀的是，每年长江涨洪，荆州都成为为保全武汉而准备被淹去的对象，随时将牺牲自己。大理的街头到处都是文艺青年、诗人、背包客们的自由歌唱，而当荆州响起歌声的时候，一定是解放军战士的抗洪之歌。

所以，命不同。请将心里那盏亮着攀比的灯熄了吧。

对我们来说，探知世界很重要，但更重要的是认清自己，听到自己内在道路上的歌声，然后豁达地接受差异化存在。

遗憾的是，像古墙上那些画画的年轻人一样，我们大部分人都在努力画出全世界，从未有人画出过自己的心。如果内在声音是一首歌，就让我们学会在这首歌中栖息吧，因为它比任何音乐都更有意义。

3

早被美化成文艺圣地、乌托邦之都的大理，坐落在海拔 4000 米的苍山脚下，旁边是洱海。洱海其实并不是海，是一个淡水湖。

当地白族人对苍山和洱海有着很深的感情。一个给了他们最原始的自然生态，一个给了他们最古老的食物。1500多年前，白族祖先利用一种独特而又智慧的捕鱼劳工——鸬鹚，在洱海捕鱼为生，养活一代又一代的白族后代。

现在，洱海边上的白族后代们富有而悠闲。最早的大理石和雕刻工艺让他们积累了赖以致富的资本，所以他们可以每天睡到自然醒，再坐在洱海边晒太阳。不用劈柴喂马，不关心蔬菜和粮食。

我结识的一个做田野音乐的朋友，就租住在洱海边的一座白色院落里。

他经常在自然中游居，却始终在音乐中定居。到大理的第二天清晨，他说要带我去一个无人的山头，因为他要去山上打鼓，去自然中寻找最好的节奏。于是，他背着各式各样的手鼓，穿着一件宽松的棉布衣，很"自我"地向山顶走去。

我送给他一本杰夫·戴尔的《然而，很美》，那是我前同事做的一本爵士乐之书，一本无法从风格上定义的书。它像是一次借着音乐名义的私人幻想之旅。即将非虚构文体虚构化，形成表达上的混音，最终汇成一首即兴的歌来回归情绪上的本真。意在笔先，无论作者的描述是否与实际相符，通过这本书，我们发现所有伟大的爵士音乐家，他们一生的情感寄托和生命境界都倾注在音乐里。

到达山头后，朋友将他所有的手鼓整齐地排好，然后很有仪式感地打了一会儿坐。

他的鼓声敲响之前，山头和他一样，都很宁静。此后他打破了那层宁静，并转身对我说："如果你的耳朵只能接受某种单一的声音，那绝对不要做音乐。"看我没表达任何观点，他接着说："音乐是你必须将风、树、鸟、土地，乃至万物的声音归纳在一起，才是一首和谐之音。"

然后，他像中国摇滚教父崔健一样，用一块红布蒙上了双眼。并叮嘱我在他整个打鼓的过程中也必须闭上眼睛，关闭外在世界之门。只听。只静默着聆听。一直到听出那声音是从自己心脏上发出、从前脑勺蹿出为止。

他说，那代表灵魂的颤动，我们的身体在世界上到处流浪，精神却能在音乐中定居。

4

从山上回到城中。闲逛之余，我看到一个身体残疾的侏儒男孩，坐在滑车上努力地给路人们表演动物叫声。虽然他的声音并不动听，路过的人们还是频频给他送去掌声并向他面前的铁皮盒子里丢钱。

我也慷慨地向他盒子里丢下五十块就走。不料男孩突然停下表演，吃力地滑到我面前，然后笨拙地从铁皮盒子里找给我四十五块。我不解，他有些坚定地说："我的声音只值五块钱，谢谢你帮助了我。"

所有人不是都希望别人给予得越多越好吗？看来我错了，不是每个人的贪欲都一样。他安驻在自己的声音里，靠自己的声音生存，知道获取物质的廉耻心和分寸感。

反观娱乐圈那些人，在舞台上胡乱蹦跶一下，动辄几十上百万，假唱不说，甚至连话筒都反拿着。和大门乐队《*Light My Fire*》里唱的一样："你本知道都是不真实的 / 你本知道我是个骗子。"他们不是精神定居在音乐中的人，是吃音乐的寄生虫。

同样是吃音乐，有些人却吃得让人尊敬。

比如曾和我一起醉着去大理的那个玩乐队的兄弟，他大学毕业后做过公务员、中学教师、建筑包工头，最终还是舍弃一切稳定生活，卖掉房子，回归音乐行业，开了一家琴行从事音乐教学。他说，他离不开音乐，他就喜欢干这个。从此，他从忧伤中醒来，即使遇到再大的困难也未见过他迷茫。

另外在杭州，有一家小小的黑胶唱片店，老板是个五十多岁的男人。他本有机会做一家音像出版社的社长，但他选择继续坚守自己的唱片店。他守护那家店已经三十多年了。黑胶曾一度被认为是数字时代的淘汰品，无人问津，他没有生意，而且还经历了书店、唱片店等实体倒闭浪潮，在那些日子里，他的黑胶店从东搬到西，从南搬到北，目的始终如一：让黑胶活着，让音乐活着，让自己活着。

他说，他热爱黑胶的声音，热爱音乐。他安驻在音乐里，一生只做这一件事，至死。

5

曾经很多北漂音乐人选择奔向大理，他们践行着王尔德的那句名言："我不想谋生，我想生活。"那里一度成了他们逃离现实的隐居圣地。

民谣乐队野孩子、音乐诗人周云蓬等就是其中的代表，另外，王菲、许巍等知名音乐人也经常在那边出没。

野孩子作为中国民谣乐队的标杆，许多人对其故事耳熟能详，他们的音乐始终纯朴而贴近根源。记得有一次，他们在杭州演出完后，我们一大群人跑到钱塘江边去聚餐，结束时已凌晨两点多。主唱张佺和鼓手郭龙等坐我的车回住处，我先将张佺和其他乐手送回酒店，然后剩下住在城西的我和郭龙两个人，于是在凌晨三点的街头，我们从鼓楼一路开车奔到西溪湿地边。他一路给我讲了很多隐居在大理的音乐人的故事，并不断唱着他喜欢的台湾老歌。从童安格、郑智化、齐秦一直唱到罗大佑……没有一刻离开音乐。

他说："只要一关掉音乐，我的脑子就麻掉了。"他们是一生都行吟在音乐中的人。在音乐中安驻情感，在音乐中安驻生活，在音乐中安驻灵魂。

个体可以选择在音乐里定居，其实一个群体、一个民族也一样。

群体心理学之父勒庞在《乌合之众》那本书里写道："一个民族的所有个体，因环境和遗传而拥有的共同特征总和，构成该民族的灵魂。"

经一些心理学家研究发现，世界上最容易让一个民族整体接受的东西，是音乐。我每到一个地方，看到那些少数民族载歌载舞，总能找到自己劳作时的快乐方式时，对他们的音乐形式尤感兴趣。

我们土家族人有自己的音乐。不光是劳作时，即使是家里失去了亲人，也是用音乐的方式相送，俗称打丧鼓，一种群体性歌舞，一份豁达的入世哲学。大理的白族人同样有自己的音乐：洞经古乐。它原为一种超然的道教音乐，在明代时期由中原传入西南。随后，在长久的历史演化中，慢慢为西南少数民族所接受，并逐渐融入了当地民族性格。

音乐，表达的是一个民族的文化魂根，是一个民族的信仰传承，是一个民族的生活哲学，是一个民族的性格总和。世界上，很难找到一个完全没有自己音乐的民族，更难找到一个完全不接受音乐的人。每一个生命，都可以在音乐中定居。

聆听的尽头，
是回忆

我本可以容忍黑暗，如果我不曾见过太阳。
然而阳光已使我的荒凉，成为更新的荒凉。

——狄金森

1

"在纯粹光明中就像在纯粹黑暗中一样，看不清什么东西。"黑格尔说。

我继续跳上绿皮火车，准备去雪山，一路向北出发，奔向自然之道。听着被称为创作出了世界上最黑暗、最阴冷音乐的快乐分裂乐队（Joy Division），却从那黑暗中听出了些许光明。

快乐分裂是我青春期最喜欢的乐队之一。主唱伊恩·柯蒂斯（Ian Curtis）是吉姆·莫里森的粉丝，他一直在用音乐向内心更黑暗的地方探索，直到二十三岁时结束生命。

　　有人这样说，如果你活着，这样的音乐永远都不会属于你。而在乐队纪录片里伊恩·柯蒂斯对着自己诉说："我希望我是挂在墙上的。"他没能如愿，因为他很少被人挂在墙上，而是挂在无数光明寻找者的心里。人们正是循着他渗透进灵魂的黑暗，触摸到了属于自己的光。

　　多年前，我经常穿着一件印有快乐分裂乐队专辑封面的T恤在武汉街头游荡，有时在东湖边的草地上睡觉。我记得那件T恤是一个叫苏苏的女孩送给我的，并且她用剪刀刻意将T恤的前后弄了些不太规则的破洞，让我看起来更嬉皮主义，更像一个自由青年。

　　那时苏苏才十八岁。我们之间本来可以有些故事发生，就像火车上相邻的两个人一样，但我一直克制着没让其萌芽。后来苏苏去了墨尔本留学，我们从此失去了联系。

　　不过人消失了，那件T恤却还在，音乐还在。

　　我将快乐分裂乐队专辑封面的图案剪切下来，挂在了墙上。并不是为了纪念谁，只是想偶尔看一看自己走过的路，回味我们在青春期唱过的歌。音乐是少有的能一直保留那份"初见"的美好的载体。

2

"对了，你还记得江边那些铁路和废弃的火车吗？"我正是在大理通往丽江的火车上收到苏苏邮件的，同时发来的还有一张结婚请柬。这既让我觉得惊奇，又觉得太平常。

细数下来，她已消失了七年之久。

七年里，我们早已经历了各自的人生，像奔腾的河流，永远无法再回到原点。和当初一样，我们的交流始终贯穿着一份距离和客气，也始终不想去击破那层关系。即使我们曾一起在孤独的午夜，躺在同一张床上看快乐分裂乐队的音乐电影《控制》，依然只进行着心灵层面的相遇。

音乐使人在精神上变得纯净如患有洁癖。后来她爱上了快乐分裂乐队的那首歌——《她失去了控制》（*She's Lost Control*），没完没了地听。最终发现，失去控制的是时光，而不是我们。

我并不想伤害一个没有父亲的女孩，所以苏苏只是像一阵台风，从我正青春的身体边吹过，未留下任何灰尘。

老武汉人都知道，在武昌那边的长江二桥下面有一大片铁路网，那里常年停放着各种中转火车和废弃火车。是苏苏最先带我去了那片属于火车的荒弃之地。她说，那是她父亲的家，也是她最后一次见父亲的地方。

她父亲是一名铁路工人，因一次意外事故而离世。所以，她想父亲的时候，就跑去那里看火车。然后爬上一节废弃的车厢，独自待在里面大声念书给父亲听，同时放他喜欢的音乐。她相信父亲一定能听到。

要知道，曾经父亲最喜欢听她大声读书了。整个小学时光，他们全家都住在火车上，每天放学后父亲就让她在车厢里写作业、朗读。父亲一边听着她稚嫩的声音，一边忙碌着自己的事，偶尔抬头叫唤几声她的乳名。白天她上学去了，电视里传来小孩子叫爸爸的声音，他常常以为是苏苏，也会跟着答应。

多年以后，苏苏已记不清太多关于父亲的画面。唯独让她印象清晰的是父亲放过的歌。父亲在那些铁路旁的荒草丛中，开垦了很多一小块一小块的田地，每年种上几行玉米、西瓜、蔬菜等。稍有空闲，父亲就会在腰间别着一个小小的录音机跑到田间，给那些庄稼不断地播放乐曲，他认为听着音乐长大的庄稼结的果实会好吃一些。不过自从父亲离世后，那些田地寂静了下来并长满野草，再无人耕耘。

苏苏曾想过要将父亲生前的所有相片种在那片田地里，可惜记忆并不能像庄稼一样生长。但无论身处何地，只要一听到当年那些乐曲，她立马就会想起父亲。

与苏苏结婚的是一个新西兰人，长得有点像快乐分裂乐队的主唱伊恩·柯蒂斯，高高瘦瘦的。我不知道这和她喜爱那支乐队有没有什么直接关系。他们一起回到了国内，开了一家朴素的布衣店，她将店铺装修成了一列火车的样子。

　　当然她知道我的性格，知道我不会去参加婚礼这种群体性活动，所以她发来请柬的目的并不在此。长大了，有时我们发出问题，并不是为了寻求结果或答案，也许仅仅是为了寒暄或倾诉，又或者只是为了寻找过去的某种存在。如同她在音乐中，总能找到已逝的父亲一样。

3

　　火车飘在高原上。摘掉耳机，窗外不时传来藏族青壮年们爽朗的笑声。看着他们赶着牦牛群在草原上自由奔跑，不由感叹，原来生活可以如此简单：天空、草原、动物与人，合奏成一首最美的生活之歌；回忆、故事、对未知事物的期待，凑成一部最自我的生活电影。

　　车厢里一个藏族老人说，对大地上的一切，我们无须言说，只用安静地聆听。

　　我记住了他的告诫，于傍晚时分抵达那座边陲小城。

满满一火车的人，各种年龄，各种皮肤，各种民族，下车即永别。

如今，那里到处挤满了不甘寂寞的青年。他们从世界各地奔来，蜂拥在灯红酒绿的地方迷醉自己，寻找逃离现实的乌托邦。忽生染心，即时坠落。然而在这场纷繁中，他们终究还是要醒过来。因为很难有人能从生活中跳脱得一干二净。

不知从何时起，我习惯了靠眼睛去记录一切，因此相机被我藏在了背包深处。我无意观赏世界，只做一个忠于自己内心的行者。像崔健《假行僧》里唱的一样："我不想留在一个地方／也不愿有人跟随／我要从南走到北／我还要从白走到黑／我要人们都看到我，但不知道我是谁。"

我知道自己不能停止涉世，即使我渴望安静。安静不意味着停止。安静是某种意义上的觉醒，停止则是一种心的死亡。

独坐客栈，好像有些明白，我的火车晃悠之旅将要结束了。因为那是铁路的尽头，除了返程，已再无别处可去。我将地图和列车时刻表丢进垃圾桶，它们对未来已失去了意义。想象着自己能去的地方，想象着火车那个狭小空间带给我的踏实感，想象着时常迷惑眼睛的现实图景，一种陌生、不安、伤感的情绪，通过体内的诸多记忆，反馈到我的深层意识里。

聆听世界，似乎成了一个漂亮的旗帜，其实我连自己的内心都聆听不了。

曾一直渴望将自己置于一个陌生群体，但看着窗外热闹的人群，我有些厌倦了。看着聚集在一起以欢快的方式跳着舞蹈的人们，我满怀悲伤。甚至对那些快乐的方式产生了莫名怀疑。

原来自己想要的，不是融入陌生群体，不是去接触新鲜事物，不是去感受快乐，而是冲破自我，聆听新的觉醒意识。在我们个人有限的心灵空间里，装不下太多东西，只能尽量切断、舍弃掉那些已沉睡的过往。然后孤独地聆听一个地方、一个人群、一个自我、一颗心灵。

4

"你是田禾吗？"

正当我准备走出客栈，一个穿着牛仔外套、打扮简单的短发女孩叫住了我。

我有些惊异，没有直接回答。暗自去摸口袋里的身份证，猜测着她是不是捡到了我的证件。她看出了我的不自在，又急忙补充说："你可能不记得我了吧，我们曾在VOX（武汉一音乐演出场所）见过。"

我突然显得有些害羞起来，最害怕在一个陌生的地方被人认出。

稍稍冷静片刻，仔细一回忆，对她还真有点印象。似乎是很多年前了，那时她是一个疯狂喜欢哥特的美术生，整天化着浓浓的黑眼圈。在某个城市看了我一个吉他手朋友的演出，于是就不顾一切地爱上了他，此后只要是关于他的演出，她都毫不犹豫地飞奔去现场。

当然，她爱上的只是他那份属于舞台的光环。现在她在时间中磨去了那份深深的稚气，变得让人有点意想不到的淳朴自然。

她见我是一个人出来，于是要求我陪她去古城店里选个非洲鼓。路上我问她还热爱音乐吗，她笑笑，说音乐对她已只是一份回忆。

我们很快买好了手鼓，于是分开而行。

那时天已经黑了，古城每个巷子里的灯光都让人产生一种虚幻感。我数着球鞋磨在石板上的声音，一个人晃荡了几圈后，找了家小酒吧在暗角坐下。舞台上的驻场歌手很煽情地唱着一首歌，完毕，旁边桌上一个女孩突然号啕大哭起来，并开始发酒疯。

她失去了控制。

一开始所有人都很诧异。慢慢地，大家都沉默着不说话，事不关己地任由她独自在那发泄。她借着音乐，开始触醒那个本真的自己。

也许，大部分人和她一样，就是为了跳出一次现实。因为现实给了他们一个厚厚的面具。可是，心性不改变，无论跳到哪里，无论用多少酒精麻醉自己，终将是一场更深的痛苦。因为聆听不到本心的呼唤，太耗费灵魂。

从酒吧出来，我又一个人跳进孤独。穿梭在各个石头铺成的巷子里，于望不尽的黑暗中，回想着那女孩边哭边自问时的神情，觉得那一刻的她是如此本真。

古城深夜的广场上，有人还在跳着纳西族舞蹈。踏着音乐穿行其间的人们，开放着身心的需求。

我一边闲走，一边看着街角到处都是的卖唱的流浪歌手。他们拿着吉他和手鼓，搬着几箱啤酒，点上一圈蜡烛，三五成群地随意坐在地上，开始贩卖青春回忆。很多女孩瞬间被他们感动，然后将钞票丢给他们。

不管是舞台上的歌手，还是街头的卖唱者，他们身边总是围着一大群人尖叫着、簇拥着。那时，音乐仅仅是一种情绪，每个听者都沉在自己的故事里。

很多时候，我觉得一个音乐聆听者要比一个音乐创造者更幸福，因为音乐创造者要么处于纯粹的光明中，要么处在纯粹的黑暗里，而音乐聆听者可以随时融入其中，又随时跳脱其外。他们在自己的光明中可以看到别人的黑暗，又可以在别人的黑暗中寻到自己的光明。

聆听的尽头，终究只是一场属于自己的回忆。

我想起了伊恩·柯蒂斯的偶像吉姆·莫里森的那段话："当音乐结束之时，请将灯光也一并熄灭。所有时代的陌生人，点燃你的火焰，一起体验我们的生命盛宴。当你孤独时，各种面孔都丑陋不堪。"

一切都在

隐忍中

放下

如果知觉之门得到净化，万物将如其本来面目般无边无际。

——威廉·布莱克

1

在束河的那个夜晚，我独自坐在小巷子里看月亮。那里的月亮个头很大，可是它的亮度却远逊于周围的星星，灰黄灰黄的，像是一个多年未洗、沾满蚊虫的吊灯。

看累了，就低头于静谧中反复听着 The Cure，治疗乐队。感觉我的身心和那个月亮一样，需要清洗，需要治疗。对这支乐队，我一开始并不喜欢，随着生活的入味和性格的沉静，他们却成了我播放频率最高的乐队。

临近年夜，一位北漂多年的独立女歌手给我发来短信："田禾，过几天我去杭州找你，我们一起去西湖做船夫吧。近两年是我音乐的疲惫期，只要能离开音乐，我去做什么都行。"收到短信时，我正好散步到一棵大树下，于是背靠大树，死死地盯着手机屏幕，始终没能回复出一个字。

我知道她是认真的。她做音乐这么多年，虽然发行了几张专辑，签了国内最好的经纪公司，也经常出现在各大音乐节，但这一切似乎始终没能达到她自己的理想和期望。于是卡在一个瓶颈处，疲惫了，想要逃避了。

其实作为一名创作者，我理解这一切，因为我有过一段同样心境的写作厌倦期。

写作十多年，有很长的一段时间活在失落之中。生命里看不到出口。曾暗自发誓，只要不再让我触碰文字，去做什么都行。甚至想过回老家放羊，种田，打鱼；或去菲律宾、马来西亚、泰国等国做荷官；又或带着手鼓隐居在江南某个不知名的古镇做流浪艺人。

特别是每当我跑到书店，看着那些被人们热捧的书籍或作家，我想我永远写不出那样的文字。那些红火的书籍永远不符合自己的写作理念和价值取向，也永远纳不进自己的阅读范围。我与时代脱节了，有时我走在前面，有时我走在后面。

当我对文字极度抵触，对自己的写作极度绝望之时，身边的一位朋友安慰我说："别人的文字像可乐，你的文字像茶。可乐是快速刺激品，能让人畅快一时，但很廉价。茶比较珍贵，不过它不是生活的必需品，所以只有少数人接受并愿意在时间中慢慢去品味。"

一切都只得在隐忍中慢慢放下，让时间给自己治疗。

2

每天清晨，我们必须抛弃昨天的疲累，就像抛弃往日的躯壳，重新上路经历新的感知和新的冒险。我始终无法走一条别人画好的路。后来想想，这或许就是前进的本质。

从束河出来，计划去雪山前一拜，感受下藏族同胞心里的圣山，以及体验大自然的神圣、和谐与宁静。于是准备和在客栈认识的几个背包客一起徒步去雪山，但后来下雨了，只得选择包车。

司机是个藏族小伙子，他告诉我们，在出发前要站在那片黄土地上对着玉龙雪山的方向许个愿。

一路颠簸，汽车停在一片宁静的空旷之地。司机顺手一指："雪山到了，就在前方。"

　　所有人都茫然，目光所到之处，哪有雪山？

　　从观者的角度，雪山之旅是失败的。站在山脚下，整个雾蒙蒙一片，我们什么也看不见。事实证明正如藏族同胞们所说："人只有尊重自然，爱护自然，方能与自然和谐相处；人若一心只欲征服自然，则必将以失败告终。"一心只想着满足好奇心的游客，雪山干脆不让见其真面目。

　　一位哲人说过，真正的美境都在心里。当我们站在雪山前，无须向外观看，闭上眼睛，每个人的心底会自动出现一座雪山，并且超出常然的清晰。那座雪山是由你过往的阅历、性格、情绪、心愿、幻觉等共同堆积起来的，是一种空间与精神、灵魂与感知构成的双重体验。

　　临离开物质体的雪山前，虽然有些失望，但我们还是站在灰蒙蒙的天空下，双手合十，对着假想中的山峰静默了很久。

　　同行者中，一位信佛的女孩一直虔诚地跪在平地上，大家都或多或少被她的行为所感化。后来，我也干脆跪拜在浓雾下的雪山前，将心底所有的烦恼倾诉给了大山。诉完时睁开崭新的眼睛，瞬间感觉整个身心轻松了许多。这是我曾在一个寺院学到的洗心方法。

某一段时间，我深感自己的灵魂病了，对未来也失去了信念。于是一位在电视台做编导的朋友，介绍我结识了一位寺院师父。一天，师父将我带到寺院殿堂，里面坐满了在那修习的居士和僧人，他让我当着所有人和佛祖的面说出自己的一切罪恶。

　　一开始，心怎么也打不开，不敢说或只说一些无足轻重的内容。师父不满意，一直要求我要心诚，哪怕是平日里最难以启齿的细节也要统统说出来并忏悔。

　　我尝试了无数次，还是有所顾忌，心是关闭的。

　　无奈之下师父只得严厉起来："你怎么能这样欺骗我们和佛祖呢，一点诚意都没有。"

　　看着师父关切而真诚的眼睛，顿感内疚。后来一狠心，干脆闭着眼睛，当周围的一切都不存在，仿佛独自置身于一片无人的沙漠中，一口气将自己从有记忆时起的所有罪恶统统向佛祖喊叫了一遍，整整诉说了三个小时。也就是从那一瞬间起，我觉得自己干净了。心仿佛被重新洗过了一般。

　　师父后来对我说："其实当你发狠心讲出的那一个瞬间，就是放下。"

　　我们总是背负着太多旧的东西在前行，如果不适时卸下包袱，终将被压垮。从那次以后，我经常会去一片隐秘的无人之地，在时间的隐忍之中"放下"。

3

约翰·列侬有一首向全世界呼唤停战的著名歌曲——《给和平一个机会》（*Give Peace a Chance*），他用他的方式渴求着外在和平。与此同时，一行禅师却用毕生精力宣扬着另一种和平，内在和平。的确，比外在和平更重要的是我们的内在和平，因为我们的心每天都在燃烧。

学会放下，不仅仅是一个外在口号，更是一份内在的心灵诉求。每隔一段时间，我们的知觉之门就需要得到净化，身心需要清洗治疗。

其实我明白，真正的修行者没有地域概念，无分别心。在雪山脚下的寂静之中洗涤心尘，靠的是心而不是山。山只不过是给了我们一个外在的相缘。

返回束河后我换了一家客栈，住到了人少的野外。次日在客栈独处了一整个白天。想着火车之旅已到尽头，从东到西，我随着火车穿越了整个大地，越过了无数山丘，下一步我该去哪里呢？

想起在我还没从杭州出发前，以前乐队的鼓手就启程去了拉萨。他说："我们就在拉萨碰头吧。那里是离心最近的地方，确实值得你去待一年。"

他曾是我在武汉时最熟的朋友之一。差不多从那个"土豆兄弟"消失以后，他就成了我最忠诚的酒友，两个人常沉浸在一瓶二锅头的忧伤中。

　　最初，我们是在武汉洪山广场的地下通道里卖唱认识的，那时大家都正值青春理想主义时期，无物质收入来源，每天靠去地下通道弹琴混生存。

　　印象中，他经常弹唱着涅槃乐队（Nirvana）的歌，穿着印有蒙克画作的 T 恤。一个标准的油画系学生，却做了一名鼓手——总是躲在舞台最后的那个人。同时还与他当时的女朋友蜗居在一个堆满油画框的简陋出租屋里。此后他们搬了若干次家，每次都和一群美术系的同学合租在一起。

　　后来，我们一起做乐队，一起看演出，一起谈生活谈哲学，一起聊足球。迫于生计，他画过漫画，做过美术老师，开过摄影工作室，也去过沿海各城市奔波求生活。但他对现实境遇并没有过多的抱怨，在对物质的追求中从没迷失过心性，也从未打破过内在和平。在我心里，他一直是个活得豁达自在、略显哲学的人物，懂得将一切在隐忍寂静中放下。

　　我们都见证过彼此最落魄的那一部分。

　　原以为一个活得豁达的人没有悲伤，但不是。有时，人的悲伤能盖住他整个身体，延伸出另一重意义的内在和平——随遇而安。

他的悲伤正是来源于曾被他嗤之以鼻的事物——爱情。与他共患难相处了十年青春期的女孩，突然分手嫁给了别人。他放不下。于是开始拿起吉他，成了一个深情而悲伤的爱情吟唱者，不再躲在舞台后面了。

当年八月，他坐了九个小时硬座来杭州找我。下车时手里还提着一瓶二锅头。

当晚在我家把客厅当作舞台，迷醉中唱起了《董小姐》和《不会说话的爱情》，用歌声诉说关于他自己的那段长达十年的爱情。那天，我约来了很多朋友，其中一个热爱音乐的女孩被他歌声的真诚和深情所迷倒。

于是两颗悲伤的心"随遇而安"地凑在一起了。

次日凌晨两点他们向大家公布要结婚的消息，然后疯狂地坐火车直奔武汉去领结婚证。后来……后来我不知道，只知道现在他正循着自己的声音，做了一名民谣歌手。拖上所有的行李去了拉萨，游走于各个青年旅馆或酒吧驻唱。他在隐忍寂静中，用歌唱慰藉着疲惫的旅行者。

做孤独而自由的
行者

每个人身上都有太阳，主要是如何让它发光。

——苏格拉底

1

我又坐了整整一夜的火车回到昆明，然后从昆明再继续一路往南，晃到了边境地带。站在北回归线以南的地方，在太阳之下，听着一首冗长的后摇，和大地共同完成这首流浪之歌。

后摇不需要人声作为语言，因为音乐本身就是语言；大地也不需要人类的语言，因为大地是万物之音。所以，后摇和大地这两种沉默体，构成一个潜在的灵魂圣地，我为之而赴。

很多人行走总在追求距离上的远近、时间上的长短、目的地是否能给自己带来炫耀的资本，而我，只是毫无规划地做了一次心灵上的迁徙。拖着散漫的步子，一边悠闲随意地走动，一边试图唤醒自我意识。重新定位自己与世界的关系，让外在与内在同时成长。

我的目标，只是离开这儿。离开这儿，永远向前走。

仅仅因为一个念头就决定去一个地方，也仅仅因为一个念头就放弃一个地方。心总是没有太强的定性，念头丛生，随心而行。

流浪和时间，教会我们广大的爱。

宋朝词人柳永说："今宵酒醒何处？"中国传统精神里面本来就具有"流浪"的气质，只是大部分年轻人失去了流浪的勇气。我们本该去生活，而不是去谋生。

随时义无反顾地去探索新的未知地带。大家都知道，在这个辽阔的地球上本没有路，随着人类智慧的发展、生存方式的不断更新，路慢慢形成，并永远在延伸。同时延伸的，还有源源不断在路上朝圣的人们、故事和探索精神。如果每个人都不再流浪，大地将变得枯萎而毫无生命力，人类的精神终将被囚锁。

因此，即使没有了火车，我依然想继续向前。欲通过边境的打洛口岸去缅甸，直达缅甸最南端的城市——仰光，我向往已久的佛教圣地。一直觉得，它应是"信仰与光芒"的简称，是无数人心底的另一个太阳。

2

经过各种波折，转换了各种交通工具，我最终抵达了缅甸。

过关时不让戴帽子，我索性丢了它，展露出更真实的面目。站在缅甸一处金黄色的佛塔面前，用手指在心口划着一个大大的"觉"字。

不远处的墙上用汉语写着一行话："真正的净土，不在他方，也并不遥远，就是一颗纯净的心。"世间的名位、金钱、权势，是人人都希望获取的。在这场强大的物质洪流中，身边的所有人都开始对世界奋力投入各种热情，而我还在冷观，不想进入。

有时，只想拿起我的手鼓、木吉他、书籍和帐篷，背着简单的行囊在大地上流浪，做个如犀牛般孤独而自由的行者。远离喧嚣华丽的城市，跟随自己的心声和脚步，在山林间穿行，在阳光下奔跑，在自然间呼吸，在村庄里歌唱。

抑或就晃晃悠悠，每天睡到自然醒。然后在一棵树下、在一座公园里、在一条河流边去听鸟，书写渔隐。

于是，我一个人听歌，走路，写作，独处，喝茶，晒太阳。永远都在散漫的成长路上，不愿进入那些纯物质的现实欲求。这，总被周遭所有人称为"不成熟"。

的确，社会生活里有很大一部分，我无心应对。因此，我急切地需要汲取新鲜的养分去满足精神生活，以便达到某种平衡。通过感知更广阔的世界，让生命变得丰富充实，甚至寻找某种能让自我一直喜乐的归属感。

3

秋天结束的时候，我从缅甸回到杭州，这个城市的太阳依然美好而温驯。我热爱这里，热爱世界，更热爱万物。

只要人生没有走完，向前的心就不会停止。在路途中触摸自然，聆听众声，同时与自己内心的波澜和解，甚至做着某种意义上的清洗，生活会变得明亮而鲜活。

一直以来，我是一个趋于灵感而拙于技巧的写作者。我所记述的，有些私密和随性，并不一定适合大家，也不愿意违心地附和大众。或许在某些昏暗的人生路途上，我们的心灵偶尔同行，又或者在一些灯光照不到的黑暗洞隧里，有人发现我的文字像根蜡烛，这就够了。

同年秋天的西湖音乐节，当早已剪了短发的朴树在舞台上一遍又一遍地唱着"关于未来/请你坦然"的时候，我脑子里写着满满的过往记忆和关于未来的空白片段。即使明天没有了一切，我依然对未来充满乐观，因为我们都有太阳照耀着。很感谢负面情绪在我身上留下的烙印。

一个又一个的出逃闪念，促成了我这些双重成长。我一直没有停止过离开熟悉的自己，更一直在颠覆自己。心从简单变为繁杂，再回复到简单。这是成长本身，它向内而生。

曾经所有的疯狂，终是为了抵达丰盈的安静。

活着是什么？活着是自我燃烧后止于宁息，是在生活波澜和生命宁静交合之处没有流失掉自己。终其一生，我们在时间中确立自己，更在时间中遗忘自己。你是否找到了跳出时间的方式？

让每天成为新的一天，并不是因为太阳升起与落下的变更，而是旧的自己已逝。内在的那个体系是全新的，因此感知到的世界也是全新的。

我生命的火车，它永远不会到站。我从来就没有太阳，但有其他东西代替了它的光。我会一直寻找，那个叫太阳的车站。

2019 年于浙江舟山某岛重新修订

与静默的灵魂相遇

散步笔记：听烦了都市的热闹，想闻一闻自然的气息。在远离城市的湖山野地，静听物我。既而重新耕一耕那块已失去希望长满杂草、略显荒芜的心田。不用去很远的地方，因为无须再撒野，只想把和平与宁静印在大地上，投入身体与精神，哼着田园赞歌，从一个自我跳进另一个自我。

时间是生命的长度，视野是生命的宽度，理想是生命的高度，

胸怀是生命的厚度，积淀是生命的纯度。

漂泊者的
归心之岸

一片树林里分出两条路，
而我选了人迹更少的一条，
从此决定了我一生的道路。

——罗伯特·弗罗斯特

1

一棵将要枯死的大树上，被人喷上了两个醒目的红色箭头。它们朝着相反的方向。顺着其中一个指引，我踏入了一片无边无际的公墓，吓得我赶紧跳回。

于是选择了另一条路。

仔细想想，城市不过是活人的公墓。虽然它灯火通明，车水马龙，但它早已埋化了人们的心。大部分人行尸走肉般地穿行其间，奔忙，索取，贪婪，盲目，烧心。他们的身体在城市里光鲜，内在却残败不堪。如同一棵空心树，每到春天它努力地长出新叶，试图展示自己的茂盛与活力，无奈虫孔遍布全身，早已不堪一击。一阵大风就能暴露它所有的脆弱和空洞，并摧残它所有的掩饰。

　　树终有坚持不住的那一天，它坦荡地倒下，在它生根的地方。

　　可人呢？我们能否固守在这座叫物质的监狱里不怕外界侵蚀？能否自囚于布满文明、秩序与欲望的"活人公墓"？能否在放弃时可以像树一样坦荡而不害怕鄙夷之声？能否寻回我们生根的地方？

　　人类从远古时代狩猎为生，到深山刀耕火种，再到乡村田野春播秋收，一步步走到了现今霓虹闪烁的都市。城市化的进程，其实是一个家园丢失的过程。它抹掉了我们来时的路，也封掉了去时的出口。

　　每当站在繁华的街头，或是夜深人静独处之时，那来自内心深处的自我觉醒意识一遍遍地追问我自己：我们从哪里来？我们是谁？我们将去向哪里？著名画家高更曾在太平洋一个寂寥的小岛上，用艺术力量呼喊出的引人深思的哲学性问题，也时常困惑着我。

　　我意识到，城市只是我们身体临时借居的地方。心无定所，人生的岸究竟在何处？

2

自然主义先驱梭罗说："在荒野中蕴藏着拯救人类的希望。"

何止希望？土地，本就是人类的精神之源，我们不能脱离大自然而生存。可如今生活在城市，每天都能听到机械的回响，哪里还有土地的气息呢？

或许我们很久都没有看到过蔚蓝的天空和大粒的星星，对自然的理解仅来源于自家花园里那几株小草、几座假石营造而成的园林山脉，或是公园里那几条人工堆砌的干涸溪流。这一切，让我们早已看不见树上的鸟窝，听不到花丛中的蜜蜂，寻不着屋檐下的燕巢，闻不到麦田里的穗香。

我，作为一个有着十六年山居经历，从偏远深山里走出的土家人，自小就对泥土有一种归属感。只是那份处于俗世欲望中的心性迷失，让我已经很久没有踏入田野闻一闻庄稼，步入山林听一听鸟鸣了。我沦为了一个彻底躲在城市温室中的缺氧者，心地荒凉。

因此，每到秋天，我必须时常踏上人迹稀少的小径，寻一霓虹之外的山野，将身体里那些忧郁和负重埋下。抽离现实，重新耕一耕那块已长满杂草、略显荒芜的心田。或是和树木说一天话，在山巅对着天空喊叫。就像小时候因渴望飞出大山而对着飞机叫喊那样。

庆幸的是，它们总会以独特的方式回应我。我都能听懂。正是它们给我的这份答案，让我清洁精神，再次素净地回归生活之岸。

3

城市温室中的"缺氧族""心地荒芜族"，越来越庞大。人在这种状态中漂泊，总得寻找一个归岸，连山林中的鸟儿也要栖息。这个"岸"有时是物质形态的，比如山川湖泊、灯红酒绿；有时是精神形态的，比如音乐电影、文学艺术、禅宗信仰等。

也许人的生命没有真正的岸，也无绝对的依归，更不可能从外在寻来一个拯救者。我们只有自己找到一个栖息的渡口，上船，摆渡，遥望对岸，划向心性的澄明。

对我个人来说，杭州是我在漂泊了无数城市之后，选择落定栖息的渡口。因为它既有我想寻找的物质形态的岸，又有精神形态的岸。

杭州最大的迷人之处在于，住在城市中，也能活得像个隐士。因为它不仅是一座城，更是一个自然道场，而且还总在不经意间让我们看到自己来时的痕迹——遍布着的先人遗留下来的古树茅堂、小桥流水、山泉幽井、禅茶佛寺、传统匠艺、残碑旧诗、纸墨书画等。到处是摆渡口。在这里，人们可以选择活在极度的现代化中，也可以随时回归古人的原始纯朴。

　　在这座拥有山水田园，既古意又潮流的城市里，有一个被世人所熟知的淡水湖泊，而围绕着这个湖泊的周遭山脉，成为众多城市青年们踏青、闲走、栖息、吸氧、探索的对象，那就是西湖群山。群山环抱中的湖水宁静悠远，上面漂浮着无数古老而久远的故事。

　　西湖群山是无数城市人的生命氧库，是一处有形的岸。

　　它山势起伏不大，大部分由海拔 400 米以内的山峰组成。北起老和山，南抵钱塘江，东至吴山，西麓延伸至大清谷外。众山峦层层环绕，呈倒 U 字形将整个湖心包围，与热闹繁华的主城区隔湖相望，一静一动。同时它是整个西湖文化最重要的组成部分，拥有丰富的历史人文、独特的地理景观、影响深远的宗教信仰，以及介于精神和物质之间的茶道。

　　西湖群山为想行走穿越者，准备了无数条进山的环形路线，也为中途放弃者布置了无数条撤退之路。它似乎在告诉我们，生活，一切量力而行。止泊之处即是岸。

4

我是一个时常被现实生活所隔绝的急归者，在城市摆渡了很久，一到秋天，如南飞的鸟儿般需寻一处心灵暂息之处靠岸。田园诗人陶渊明的一声叹息道出了我的心声，"久在樊笼里，复得返自然"。于是，我带着远离喧闹的决心走进了西湖群山。

那天，我凌晨五点起床，背着简单的背包、干粮、书籍，以及与听音乐有关的设备，准备向西湖群山这个"岸"出发，去离最终归宿最近的地方。

被窝是青春的坟墓，所有的理想都不是在床上完成的，并且每一个看似光鲜让人羡慕的生命，背后都有极度自律的一面。因此，我必须像禅修者一样早起，离开小小的被窝，逃进广阔的田园大地和清新的氧气里。

我计划先到达古荡绿色广场，然后从广场旁边的老和山开始进山，那是一个离城市最近的入山口，也是环绕西湖群山最北的起点。碰巧那天上海某户外网站正举办"西湖环山50KM"的毅行活动，我到达绿色广场时，虽然天还未亮透，但广场上已聚集了两百多个从上海奔赴过来的、装扮专业的毅行青年。他们集体用环山的形式，短暂地逃避现实之岸，试图寻找生活的未知处。

看着他们，我的思维记忆库里瞬时映出小时候在深山老林里自由穿梭的画面，不由对眼前这些拿着"拐杖"参加毅行活动的年轻人报以不屑的一笑。广场的另一头，是举起收音机活蹦乱跳着晨练的老人们。他们与这群毅行青年，中间隔着一座硕大的石碑，碑上镶着一块小小的钟。

除此之外，广场的各个角落还散落着一些和我一样，准备自发进山的"个体户"。

相似的灵魂总能以出人意料的方式相遇。

我就在绿色广场遇到了一位相熟的湖南驴友，以及和我同样来自土家族山区的一位女摄影师老友。摄影师是我来杭后结识的第一个朋友，源于根植在我们身上那份相同的山野气息，这种气息被带到了我们寄居的每个角落和每一份生活哲学里。

架不住湖南驴友的热情张罗，我、摄影师，以及另外三四个自发进山的陌生人，被他临时组成了一个进山小分队。名义上我们是一起前行，但在实际的山林穿行过程中，始终无法真正地同路。除了都拥有同一个起点和相同的终点外，只能偶尔在某一段里程中交错一下。一切似乎都印证着我们的人生轨迹：都是从出生奔向死亡，至于中间的路，千差万别，各有特色。仿佛我们知道了自己从哪里来，知道了我们会去向哪里，可并不知道我们是谁。

打开导航地图看绿色广场，发现它夹杂在宽阔的城市道路和狭窄的山林小径之间。一边人流成河，一边绿树成荫。有些参加群体毅行活动的进山青年，只为了出现在竖立于广场中央的活动墙前拍几张照片，后又径直奔回了都市。或许生活随时都可以选择，一边通往朴素而古意的寂静，一边通往喧嚣而世俗的热闹，跟随箭头的哪一指向，完全在于自己。如同我们在黄昏的河道里划舟前行，每一条河都有两个岸，有些人停于此岸，有些人奔向彼岸，更有人选择泊于河中。他既不抵达此岸，也不奔向彼岸，他选择永远的漂泊与遥望。

所有的具体指向性，只针对生活中的迷茫者。

几平方米，
最终归宿

望着树叶落完，空旷而又沉默的树木，我反躬自问是否也有需要甩掉的东西。

——法顶禅师

1

庄子的哲学歌颂物我合一，心超然物外。我不是哲学家，不会唱思想的赞歌，但我能试着像哲学家一样，去感受这一切。

沿着僻静的林间小径，步入离城市几公里之外的荒野，我并不抱什么目的性。只怀着一颗质朴纯真之心，投入自己的身体与精神，或许能接近一分生命的深刻。

进山之前，那位摄影师朋友倡导大家先坐在石阶上唱一首歌，以调整调整情绪。"白天活动容易让人产生恐慌心理。"她说。因此她大部分时候喜欢活在黑夜中，活在她相机镜头的静物里。她经常从黄昏才开始新的一天，尽管她房间的窗户上贴着一个大大的"勤"字。有时，她又像一只穿梭在城市丛林中的鸟儿，来无影去无踪，并且每天起床后都要在院子里先歌唱一会儿。以前，她有一个会弹吉他的男朋友，于是整个城北到处是他们弹吉他、唱歌的声音——她那透亮的嗓音穿过城市上空，飘荡在运河边、古巷子里、小茶馆旁、地下通道里、车站广场上……那段时间无论谁到她家去，坐定后第一件事就是催促他们唱几首歌缓解缓解情绪。

后来，那个会弹吉他的男人走了，但她爱唱歌的习惯一直延续了下来，只是永远不知道节奏。当然，爱唱歌也许是她的天性，因为这是我们土家族人保持乐观、豁达，听从宿命的方式，也是土家族人生于自然、活于自然的本旨。

她还有一个特点，见人就劝说别人放弃家庭、放弃俗世生活，当然是友善型劝说。而且她自己也的确活得洒脱自在，是身边很多人的路灯，人称"西湖三毛"。她常用那句口头禅教唆别人："像我们这种人就该去全世界流浪，那才是我们的归宿。何必将肉身限在那几十平方米的房子里。"

2

一首歌唱完了，我们从第一个地方老和山进山。老和山正处于西湖的反面，是所有山脉延伸至最北的终点。登上山顶后，可远眺西溪湿地、黄龙体育中心和西湖一角，也可近观、触摸、嗅闻绿色的茶树有别于城市马路的味道。

初上山时，山势较陡。还没爬上几步，就感全身发热，汗液开始涌动。走到半山腰，终于忍不住停下来脱掉外套，此刻觉得出发时多穿的这些衣物成了一天的负担。而我还背着一个双肩包，里面放着几本书籍和一些其他物品。

摄影师朋友居然选择了轻松出行，出奇地没有带上被她视如生命的相机。她总是懂得适时地舍弃东西。

其实，现在我和大多数在城市生活的人们一样，难得逃开世俗欲念，也难得走近山林。有时，我甚至极度怀念小时候放羊的地方。牵着一群羊，找到一座长满新绿树叶的山头，然后将领头羊拴固在某一树干上，再将其他羊的牵绳盘牢在羊脖子上，让它们自由放风。可每当这时，羊们并不急着撒欢，而是团团围住我，似乎等待着某种仪式。我知道，它们渴望着我在那些清新的草地和鲜嫩的树叶上撒上一泡尿，给它们的生活开开味。这是我在与羊群长期相处的过程中，于时间里达成的默契。

我像个圆规一样，以身体为圆心，在土地上给它们画上几个大大的圈。羊们瞬间跳进各个几平方米的圈里。之后我找块干净的大岩石睡上一觉，待我醒来，羊们正好吃饱了。这时太阳正欲西下，于是我们再换另一座山头或回家。

也有例外的时刻：一觉醒来，发现新添了几只小羊羔，或某只老迈的山羊已安然死去。这样，羊的生和死都发生在山上，在那几平方米的草地里。

3

上山的过程中，不停地遇到下山的人，与我们背道而行。

从老和山再沿山脊线走，视野开阔，路途平坦，正好可以借机给身体来一次深呼吸，激活一下沉睡的脉络。

有时，我习惯于让别人先走，待休息足够后再疯狂地去追赶别人，或者自己独自先行。总之，我不喜欢挤在群体中。

随着进山时间越来越长，我们慢慢走到了山林深处，不再是霓虹灯下的荒野。这时，离城市很远，再也听不到车流声，取而代之的是风与树叶念诗的声音。很想安静地看一会儿书，只要两平方米的静谧之地。不过，我的电话铃声不断响起，传来的都是那些平日里的俗事。后来索性关掉手机。虽然环境上的噪音易避，但心理上的噪音太难躲了。想让烦恼缺席，它们反将以最高形式存在。

我无法想象人们将烦恼带进山林，那可是一片能让人暂时远离物欲价值观和时间感的空寂场所。很希望这穿行的一整天时间里，只有树木、情绪、脚步声，只有一朵花自由开放的声音。

偶尔我会在山林深处呼喊一嗓，验证自己的存在。即使脚下只踩着一平方米的大地，也想与大山进行一次呼应。好玩的是，每次在这边山头叫喊，山的另一头总会有人答应。我想，每个人其实都有一颗渴望回响的心。不管是对人，对物，还是对心灵。我们发出的每一个信号，都希望得到某种反馈。

因为没有人真正地甘于孤独。

往前走，如同坐上一辆开在山脊线上的火车，它在每个山尖设置一个停靠点，依次穿过秦亭山、将军山、美女山、美峰山等。虽然天空不时洒下一阵雨，所幸路况不错，标识清晰又无岔道，我们只需一心向前即可。途中完全看不到城市，甚至偶尔会深埋进云雾中。

山的另一面是悬崖，悬崖的最低处隐约可见一所寺院，那几十平方米的地方，是很多人的信仰所在。

人在山脊行走时，介于美好与恐惧的中间线。走着走着，身体开始饿了。摄影师朋友是外向型人格，她夸张地向同伴索要食物。湖南驴友打开背包，将所有食物和水摊在地上，并垫上一张报纸。那时我才发现，他是一个精于准备、慎于规划的理科男，水果、干粮、户外道具、医药包、地图等，一应俱全。

相反我太随性，除了热爱内在道路，大部分时候是个依靠感性做决定的人。

他让大家帮他消灭掉各种食物，以减轻负担。我有些不好意思地拿了几个小橘子，刚举到嘴边就想起小时候爷爷的教导，他说："即使路过别人的果园被果子撞到头上，也不可私自乱摘或轻易接受别人的施予。这是一个人的气节和德性。"想想也是，老一辈人都有节制的美德。别人虚掩着的门，决不会擅自推开；经过别人家园方圆一里以内，会故意大咳三声，以示光明磊落地进入；人家门前半挂着的锁，从不是为了锁人，是防止牛羊和其他牲口闯进屋的。

看着手里那几个橘子，顿感分量重了起来，于是我一路忍受着口渴。在这几平方米里，我心有所思。

4

一阵悠扬的钟声惊醒了我。驻足聆听，它来自另一个山角，那里是著名的佛教圣地灵隐寺。

沉入另一个寂静的空间，循着悠扬的钟声指引，我们很快到达了西湖最著名的一座山峰——北高峰。站在北高峰山顶，不管是从心理，还是视觉上，都有一种俯瞰全杭州，或与一座城市相凝视的庄严感。虽然它海拔只有300米，但它靠圣洁的灵性显得高大。

同时，它又是这座城市的旁观者。

北高峰山顶异常热闹，簇拥着太多的观光客和信仰者。我们好不容易在山林里清静下来的心，就在这几平方米的喧闹地带，一下子又被拉扯了出来。

人，总是难以抵挡外部环境的侵蚀。

有时，我厌倦遇到人，特别是带着情绪的人。可人本身就是情感动物，怎么能没有情绪呢？所以我努力提高自己的接纳度和忍耐性，继续走向山林的远处。那里道路、溪谷、禾田、树木、岩石等都静默不语，赤裸着一片空白。我喜欢和它们交流，因为它们有聆听，有寓意，有歌颂，有隐忍。透过它们，我能看到时间留在万物中的痕迹，能看到自然之物的新生与消失，能看到一座山的阴阳两面……

前行的途中，有些台阶是用老旧的石碑铺成的，上面刻着一些因常年被脚踩而发光的诗。那是古人用最后的智慧——坟墓，为我们铺筑的道路。

当我跨过一块石碑遗迹，双脚踩着诗，我想起了寂静法师在他的行脚日记里写的，"经过山林，人烟稀少，见得最多的是坟地，这就是人最终的归宿：十平方米，荒郊野地"。

同时，那也是人生根的地方。

对着空山
狂喊，
它会回应

如果你的心能容纳无限的经验，虽然饱经世故，
却又能维持单纯，这才是素朴。

——尼采

1

当我们每个人走在山上，不是想看具体的山水，而是意图通过它来呈现生命的境界。如同我们看每一幅古画，即使画面布满虫孔，依然没人在意，因为我们想要获取的是它背后画者融入世界的一种悟境，一种游于外而醒于内的超然之态，是借物观己。

在此过程中，人很难从旧有的知识、情感、观念、欲望的牵引里跳出来，达到一种人在画中、画在天地中的无我境界。甚至往往会将外在的物与内在的心分开，构成主客两面。

怎样才能达到物我合一、世界一味呢？

这是一个博古的问题。全世界的哲学家、音乐家、艺术家、隐士、旅行者、修道人、诗人都曾试图寻找答案和真理，但没有找到。所有人能指引给我们的，只是一条路，和一把智慧的钥匙，让每个人自己去打开那扇知觉之门。

在群山中穿行，也是其中的一把钥匙。

我继续走到了另一座山峰，美人峰。此时，其他队友已走散，我们都在前进的道路上各自修行。山顶被埋在云雾里，我看不清什么东西，只能在心底种上一束光，牵引着自己前行。偶尔能遇上一两个陌生人，彼此顺路的会同行一小段。独自沉默久了，我就对着空山狂喊一声，山的另一头一定会有回应。

云雾中隐藏着一处亭子。亭者，停也，供人栖息之处。于是我坐在那里休息，等待其他队友的到达。

亭子里还坐着一对母子，他们的争吵声打破了这个栖息之处的宁静。年轻的母亲用霸道的语气命令儿子放弃继续在山里前进，陪她原路返回至北高峰处，坐索道下山回家。她走不动了。儿子坚定地不做一个中途放弃者，他要继续向前。一直到我离开亭子，他们还没争论出个结果来，彼此僵持着，都认为对方是自己的烦躁之源。

的确，在某种程度上亲情是我们走向远方的羁绊，它时刻试图拉我们回头，不像我和队友们可以随时自由分散。在亲情中，我们是否一定要将彼此绑捆在同一条道路上？哪怕意料到总有一天，彼此会永别？甚至在寻找亲人坟墓的途中，我们也可能会迷路？

想着想着，心又开始波动，忆起青春叛逆期与父母间的那些孤傲的决裂，以及无数次决绝地离家出走的经历……原本以为在这段独走的时间里，我将从山林中收获更多的宁静，事实上它们回馈给我的，全是内心的噪音。

山，甚至成了我内心情绪的扩音器。

2

雾依然很大，迷糊中又向前摸索了一段。我时刻期待着云雾散开，让太阳正常地照耀在身上，亦如我幻想着生活里没有忧伤。

自然规律告诉我们，两峰之间必有一低处。进入下一个高峰之前，必须先落入最低谷。因此走到大同坞一带时，需经由一条很陡的小土路直线下山。可以说那并不叫路，而是人们固执地想要逃离云雾，强行溜出的一条泥巴巷子。

那些"拐杖"青年们走到这里，依次蹲在地上慢慢向下梭行。只有我可以一路飞奔。在这种陡峭的林间，我从小在山里长大的优势体现得淋漓尽致。于他们的惊呼声中，我不断依靠前面的树干撑住身体的惯性，飞一般地从山上向山下蹦跨着。一路躲过荆棘和沟壑，穿梭自如。我仿佛成了森林界的博尔特。

只是他们不知道，在岁月跋涉中，每个阳光面孔背后都藏有一颗沧桑的心。我的这些技巧是在无数次摔倒、无数次放羊的时光中历练得来的。

我没给他们任何回应，沉默着大步向前。身体一直冲到山脚处一大片茶园地里才刹住。突然，阳光出现了。与阳光一同出现的是茶园边一面黄色的寺院墙，墙里边或许就是彼岸，是我们浮躁情绪的安顿处。

到达山脚后，很多人体验到下山有时远比想象的困难，也比上山更耗费体力，并且大部分的意外摔倒都发生在下山时。不止如此，当一个人站在高处，欲望、眼界、身段随之攀升，心很难再退回到低处。而这一段路一直都是山顶、山脚不断切换。山，用它高峰与低谷的变换来启示我们，人心应承受起与落。没有人能永远站在山顶，更没有人会永远被压在山脚。正所谓风水轮流转，只是我们常常悟不透时间的捉弄。

3

从山脚再沿着一条窄窄的水泥路往前，抵达永福寺，万籁俱静中不知从何处飘出些古琴声。永福寺的旁边是一所佛学院，离那不远的地方有一家全杭州最贵的酒店——一栋破旧的土房子，被刻意营造出一种淳朴居家的氛围和回归乡野的原始感。

佛学院对门的马路拐角处，有一面大大的反光镜，我站在镜子前，看到镜中的自己多了一份圆圆的立体感。映现之物或许并不完全真实，但我喜欢这种独特而私密的观照，就像我喜欢对着深山喊叫一样。

中途穿过另一个寺院，中印庵。中印庵非常安静，门虚掩着，看不到僧人，也看不到香客。每个路过此处的游人，都自觉轻声细语地沿着寺院外那道黄黄的院墙走过，生怕惊扰了这份宁静。

那面干净的寺院墙上，不知被谁涂上了几首禅诗。我试图将那些诗句背下来，不料一阵小雨催促着我前进。走到上天竺时发现走错了方向，迷失了上山的路。加之当时雨越下越大，我们只能顺着山脚下的马路继续走。在雨中，一路从上天竺、中天竺、下天竺沿梅灵路走着。

路过一个叫"立马回头"的公车站，我有种预感，走错路了？后来发现，果然又一次走错了方向。

就这样折折返返地走着，走着，山的形象在我心里越来越模糊。我并不观山，对有形世界的执迷有所弱化。不知怎的，脑海里跳出一首又一首的歌，升起一幅又一幅的画，涌现一句又一句的诗。它们异常清晰，像是挂在我的瞳孔上。

我想，如果我是画家，一定能画出一张只有盲人能看懂的画；如果我是歌手，一定能唱出首没有人声的山歌；如果我是诗人，我所有的表达将是寂静和止语。

我必须学会让现实存在之物消失，让心灵存在之物生出。只有这样，山才是山；也只有这样，山才不是山。

音乐是力量，
茶是禅

不要试图去填满生命的空白，

因为，音乐就来自那空白的深处。

——泰戈尔

1

穿过一个暗而长的隧道，出口之处是一大片绿色的茶园。茶园旁边有一条小溪，清澈的水一直流过茶叶博物馆。那潺潺的水流声，配上周边树林里的鸟叫，犹如一首轻快的森林民谣，像微风一样拂过身心。

我蹲在一块干净的石头上，捧把溪水洗净脸上的汗液。

时间早已走过了中午，从清晨进山至此，我已在山林里穿行了七个小时。未备干粮，只能一路忍受着饥饿。茶叶博物馆前的空地上，一些外国背包客搭起帐篷驻扎于此，安放着他们暂时的家，然后聚集在一起弹琴，打手鼓，唱歌。对他们来说，有音乐，就有快乐；有音乐，就不孤单；有音乐，就是归处。

　　我捡了石头和木枝，一个人敲着简单的节奏。

　　空山寂寂中，多了一丝自我满足。小溪的远端有茅屋一间。我逆溪而上，走到茅屋门前，透过低矮的竹腰门，看到屋内二人围炉而坐。煮茶，听曲，焚香，居于淡泊，甚是幽雅。整座山谷仿佛因他们的点染而多了一层香气。山景与他们融为一体，像是一幅挂在闹市地铁口的北宋画家赵佶的《听琴图》，每一个人路过它时，心灵中的忙碌瞬间被荡去一半，然后不由自主地放缓脚步。

　　我被那份清孤的琴音所吸引，索性在茅屋外找了块石头坐下，停住脚步，听着从茅屋飘出的一首又一首空寂的古曲，慰疗身体的疲惫。

　　音乐，是那一刻我能照见自在的最大力量。

　　直到其他的进山队友都到齐了，才又从茅屋对面的小径上山，奔向下一座山峰。

2

上山途中，一个同行者暗示我看一个女步行者的脚。她有一只脚是横着生长的，走路像螃蟹一样摇摆。不过她没有任何掩饰，一路都很乐观地与大家说笑。而且明知脚有缺陷，还坚持参加进山活动，挑战自我，这不仅对她自己，对身边的人也是一种力量感染。

其实，在同行者指给我看之前，我早就发现了。只不过怕引起她的敏感或冒犯其自尊心，并没有表现出来，刻意像对待一个正常人一样看待她。或许她的确没有什么不正常，只是我们看待她的这颗心总有倾斜。

与此同时，我还注意到一个细节，她的背包里隐藏着一个精致的蓝牙音响。我想，如果一个人将音乐当作精神世界里的寄托，即使身体残缺又如何？音乐能帮我们填满一切缺陷。

世界上很多伟大的音乐家，都是身体有着某方面缺陷的人，他们通过音乐让自己拥有了比常人更完满的生命。贝多芬耳聋后写出了传世的作品，小提琴之神帕格尼尼是个哑巴，威豹乐队 (Def Leppard) 的鼓手没有左臂，著名摇滚乐队 Kiss 的主唱患有耳畸形，Big Toe 的主唱天生就没有双手，中国民谣歌手周云蓬是个盲人，等等，这样的例子不计其数。

音乐总能带给人力量、救赎与光，也能让一个人变得丰盈而安静。

随着在山腰处那位摄影师朋友突然发出的一声渴求——"没有音乐声就走不动了"，脚有缺陷的那个女孩迅速将蓝牙音响挂在背包外面，沿途大声地给大家放着歌。歌声飘荡在山路上，我们都跟随着她的脚步，与音乐同行，短暂地忘了饥饿和疲累。

在我出生的鄂西南偏远山区，纯朴的土家人们在野山上砍柴、荒山上放牧、熟田里锄禾，还有背脚打杵、抬棺送轿、推磨挑水时，一直靠集体哼歌或叫号子来缓解疲劳，增强劳作的愉悦和节奏。有时哪户人家要办什么重要事，甚至会邀请一个八人或十六人编制的乐团来敲锣打鼓助兴。音乐，是被他们埋在身体本能里的劳作寄托。

某次在泰国，看到街头到处都是技艺高超的流浪音乐人，他们用各种自制合成的怪异乐器演奏着音乐。即便经常一天只能收获一个面包，不得不忍受饥饿，他们依然自我陶醉。音乐，是他们骨髓里的生存本源，是希望。

也许，没有精神寄托的人才是真正的残缺吧。

3

很快，我们就在与音乐同行中，爬到了山顶。

山顶处依然立着一座木亭。我很想躺在那木亭里冥想，或是静处，又或者在那里独自阅读一下午。但木亭被其他几个陌生人占据：一个不会弹吉他的女孩抱着一把木吉他，站在栏杆处让人拍照，无声地喧哗着；木亭的另一边，是两个在地上摆着茶盘，散开茶具，清寂品茗的闲者，他们观着山，听着风，置自己于真境中，不染尘世，不抵烦恼。

对他们来说，茶在，生活的乐趣无处不在，即使身处喧哗之中，心也随处可息。茶，是他们于生活中修行的道场。

平日里，我们的心被填得太满。或许最好的生活状态不是全情投入，而是"隔岸观火"。适当地做一下生活的旁观者，内在心灵会多得一份平和。

那山叫南高峰，顾名思义，它就是和北高峰相对的地方。但它又和北高峰一样，像个永恒的智者，始终保持着清醒独立，站立在远离人间烟火的岸边，孤独守望。

整座山上有诸多的自然之境，但都不如茶园。离开木亭，从山峰最高处退下，我们遇到一片盆地状的茶园。它隐逸僻静、云雾缥缈，如荒郊净土。步入其间，似遁入另一种境界，灵魂瞬间有了归属。所有人都忍不住像个孩子似的在那一片茶园中清欢、尖叫、拍照，并渴望归隐山间。

远处一些白色的村庄，若隐若现，与人们的归隐愿望相契合。茶林将村庄隔绝在孤寂处，人们在那里诗意地栖居，与茶同在，与天地同在。若是没有茶，这些村庄将是没有灵魂的归处。是茶，让它们成为城市人向往的田园理想之地。

4

俄罗斯自然主义作家阿斯塔菲耶夫说："生活的每一分钟里都有音乐，一切有生命的东西都有自己深藏的秘密。"音乐存在于我们生活中的每一个角落，是生命的力量源泉。每个生命体都有秘密，即灵魂。

那西湖群山的灵魂是什么？是禅和茶。

因此，当我们在各个山峰间穿行时，遇到最多的便是寺院和茶山。这是杭州潜在的信仰，历史的佛国，彼时的茶都。

茶和佛教有很深的渊源，禅茶一味，饮茶同样是一场修行。

在茶中，我们能专注于自己，获得内在道路上的寂静；在茶中，我们能看到生命的盘跌起伏，静观沉浮人生；在茶中，我们能洗去涉世的贪欲，重迎本性的素心；在茶中，我们能随性自然，品味属于自己的纯朴清欢。

茶水入口，是一种用具象的修辞形容不了的感知。然后在沉默中，去想象土壤的味道，去渴求内心的回归之处。但终究，它只是茶。

茶之道，即佛之道。

在路上，
并不仅仅意味着
抵达

我喜欢与步行者为伍，因为他们有一种本能的，习惯性的意识，知道走在路上不仅仅意味着到达。

——E.B. 怀特

1

山间小道上，一群蚊子始终围绕在我的头顶，嗡嗡作响却又不叮咬。我无数次想一巴掌拍死它们，又觉无关痛痒，如同始终下不了决心拍死这安静而绝望的生活。

脚笨重地踏在下山的路途上，声音很响。一步踩着一块石头，一块石头是一步台阶。偶尔会踏空，或跳格。我一边下坡，一边想到，生活就是由一块块石头堆砌而成的绝望之路。从山脚到山顶，人们需要踏过多少块石头？

上山的路途，我们至少有音乐声，有对山顶的渴望；下山时，我们只能一路沉默，谁也不愿意道破那份安静中的消极守望。是谁告诉过我们山下就没有风景吗？

从南高峰下来，经过烟霞洞，到达下面满觉陇宽阔的马路。我坐在马路边缘休息，陆续碰到那些参加群体环山毅行的"拐杖"青年们，他们到达马路后出现了分歧：大部分人放弃了在山间的继续行走，选择直接通过马路这条安逸的捷径，奔向终点打卡；少部分人依然坚持着，重新从翁家山进入山林，开始了又一程翻越。

生活中，走捷径的人容易快速获得成功。不过我更尊敬那些明知有捷径，却依然坚持走笨路的人。正如怀特所说，他们知道走在路上并不仅仅意味着到达。

对那些选择毅行的人来说，走完上半程并不难，只需凭借一点意气风发或新鲜好奇。但下半程，才是对身心的考验，它更依赖的是心态和坚持，是与自己的较量，是认清真相后的坦然。我们用上半程寻找路的入口，用下半程寻找路的出口。

当然，更有一些人只在起点拍了几张照，根本没进山，他们只想做生活的取巧者和炫耀者。

2

我也曾有片刻犹豫，最终还是选择了人迹更少的那一条路。

太阳正在西下，我又一头扎进了荒野里。进山前，需先从一条很容易被忽视的小路路过几座坟墓和一片茶园。那片茶园美极了，是整个山林行程中我认为最唯美的存在。经过那里的人，都不由自主地站在茶山中间大口吸氧。斜阳温柔地照射着来客，仿佛它要在自己落山之前，用尽最后一丝力气在人的脸上留下一首诗，将所有剩余的光芒都撒在人的头顶上。

择一山腰处坐下，俯瞰远处的水泥森林，静默中与海市蜃楼对望。开阔的视野让人留恋着不忍离开，想就这么安静地做一个静默的守护者。它又让人触摸到，原来选择旁观生活，也能这么美好，原来安静的生活中，也可以有一份希望。以至于在那之后的若干个周末，我都一个人跑到山头静坐。有时是听鸟，看书，学吹尺八，有时是感受春夏秋冬四季变换。

尺八我还没学会，也许是心境不够禅，经常是因用力过猛导致腮帮痛。

不过正是在那里，我于各种虫鸣鸟叫声中，背诵了同样无比唯美的、美国自然主义文学代表作《醒来的森林》

里的一段话——"当大自然造就蓝鸲时，她希望安抚大地与蓝天，于是便赋予他的背以蓝天之色彩、他的胸以大地之色调，并且威严地规定：蓝鸲在春天的出现意味着天地之间的纠纷与争战到此结束。蓝鸲是和平的先驱，在他的身上体现出上苍与大地的握手言欢与忠诚的友谊。他意味着田地；他意味着温暖；他意味着春天柔情似水的追求，又意味着冬天躲避退却的脚步。"

3

"别打扰我，我在听蝉。"

走过茶园的尽头，遇到一个行走者躺在岩石上。我远远地试图和他打声招呼，他并不领情。那一刻，我感觉他不是爱上了这片茶园，而是融入在整个世界里了。他在听知了，听土地，听自己，听万物。

我只能悄悄地从他身前绕过，进入一条真正的山路。准确说，是一段根本没有路的荒野，荒芜至极。人们从草丛或树林间随意地向山下摸索，路完全由自己开发，或凭着其他行走者用树枝与布条留下的记号，一直走到山脚处的九溪。

偶尔，一根粗壮的老树上会有人喷上红色的箭头。

我根本不知道它们指向何方，仅仅依靠天意、经验、宿命和直觉来引导。

与早上出发时的拥挤相比，路途上越来越孤寂，山林里几乎碰不到什么人。那两百多人的毅行队伍，一直在随着路途的增加而逐渐变小。我还是习惯走一段就在山林里叫喊一声，只是声音变得微弱了许多。

那是一段沉默的路途，是少数人抵达的荒野，是一个人的清欢。

到达九溪后，随着又一部分人的放弃，"拐杖"青年早已寥寥无几。我们自己队伍的几个人，也只见到那个湖南驴友。仿佛有些人的存在，是为了映衬你对时间的坚持。

坐在九溪烟树，看着寂静的湖面，心生一种安静的绝望感。脑海中闪过那部关于生命的纪录片——《生命列车》。也许，我们这趟人生列车走着走着，其他人都在不同的站下车，最终只余下自己。自己在哪站下车，一样充满未知。

行走也是，出发时大家都朝气蓬勃，一心向前。可是随着时间的推移，大部分人已下车了，只剩下少数几个疲惫的身体还在坚持着。

4

必须爬过最后一座山。即使天色已暗，我不能让自己放弃在最后一程上。

从九溪烟树重新上山，通向山顶的是一条少有人类痕迹的黄泥巴小径，它像一条附属在山体上的蚯蚓。在这条蚯蚓背上，我变成了一只四肢动物才勉强攀到了山顶。瘫坐在山顶吃完最后一个橘子，吸干了储备的全部水分。遥望前方，是一座若隐若现的孤亭。

寻不见树上的布条记号和箭头，但偶尔还能看到其他行走者的身影，只不过他们成了稀缺动物般的存在，并且每个人都变得十分亲近友好，一点儿不像出发时彼此之间表现出的那份冷漠。我在想，到底是什么改变了每个人？仅仅是时间吗？不。或是每个人在潜意识中对身处同一境遇中的人的相互认同，抑或是从他者身上发现的一种对"自我付出"的怜惜？

行走至此，已经无关风景和自然，纯粹是一种对自身耐力的锻炼和对心性的观照。我意识到，往往只有行走到身体失去知觉后，心灵的知觉才会真现。

思索中爬到了那座孤亭，亭子名叫贵人阁。的确，能坚持到那里的都是这座山的贵人。我再次瘫坐在亭子里，恢复着最后一点力量，以求顺利下山。那时对我来说，只有前进才是最好的退路。

突然有陌生人递过来一个水瓶，里面只剩一小口水。我感激地接受，彼此都没有说过多的话。让我惊奇的是，就在贵人阁，那位女摄影师朋友居然追赶上了我。原本以为她早放弃了，没想到她并不是一个习惯放弃的人。

待我们从贵人阁下山时，天彻底黑了。前方的路一片漆黑，这反而让我们放下了负担，因为失去了对光明的幻想。摸黑在陡峭的山林里自寻出路，中间无数次闯进了墓地区域。不过，心里的恐惧感早已被其他东西所取代。

顺着遥远之处微弱的城市灯光指引给我们的方向，晚上八点多走出了西湖群山，跨过用一条红布带做成的终点标记。正像村上春树说的："终点线只是一个记号而已。"当我突然出现在城市道路上，大脑多少还有些不太习惯闹市的灯火辉煌。有一瞬间，我想逃回山林。

那是没有虚度任何时刻的一天。只是，大部分人未等到抵达就选择了放弃。而更多的人，始终都不明白，走在路上并不仅仅意味着抵达。

于尘埃中，
看到醒来的自己

人总得有希望。没有希望的心田，是寸草不生的荒地。

——惠特曼

1

声色犬马的物质世界并不能抵消人们对自然的依赖，灯红酒绿的城市也没能斩断我对山野的怀念。满满一天的行走，在饥饿和疲惫中结束，总共在山里十五个多小时，我参与了每一秒钟。

第一次如此正视时间。

我从广场、道路、溪谷、田间、禾下、树木、孤亭、同行者身上吸取生命的经验，甚至赋予它们圣洁的想象。在远离城市的西湖群山行走，同时走向另一个更归真、更纯朴的自己。一路从繁华都市到凡简信仰，去亲历我们赖以生存的异类，伴着风声细雨，脚踩泥土，感受一种宁静的自然主义。坦露自己内心的噪音，义无返顾地将它们埋在山地。

当一切结束，发现时间像一条无声的小溪流，在身后流逝、隐去。

一次旁观、一场聆听、一趟身体力行，一条小路、一个箭头、一片荒山野岭，都能让我们反思鲜活与凋零，何况我们正在走着的、未知终点的漫漫人生？荒山野岭里那些树叶和鲜花，腐烂后还能成为肥料被泥土吸收，无形中助长着新生。但当人的身体和思维意识被埋进无尽的时间后呢？

我们来自尘土，必将归于尘土。我们是大千世界的一粒尘埃，只能在泥土中醒来。

2

一个住在山脚下的画家朋友，在两片树叶上写满心经，然后将它们装裱进了一个精致的木质画框。再后来，那个画框被挂在我的卧室墙上。

每天清晨，我在两片树叶的映照下醒来，睁开眼睛。

我本是一个山里生长的土豆，搭着一辆货车滚进了城市。不愿成为别人的食物，我还想做自己。腐烂之前，不过是个城市流浪者。我本不够忧郁，但生活把我变得彻底忧郁。总有一天，我们每个人都将像那两片树叶一样，存在于一个画框之中。

不过在成为挂在墙上的景象之前，每个人都要经历一条独属于自己的路。坦途与沟壑，苦与乐，得与失，都是这条路上的驿站。并且一路冷暖自知，无人可替代。

至于选择什么样的方式去渡过这些驿站，那得看是什么阶段的人。对于有些人来说，随着所走路途的里程和碰壁次数的增加，自身智慧也在悄然增长。不知不觉中，开始懂得停下来，抛弃固有的偏执与任性，远离熟知的习惯，观察一下自己或倾听世界。

但大多数人在安静的绝望中生活，不愿醒来。

3

自从那一次西湖群山行走经历以后，我才发现，所谓的路线选择并不重要。我们可以随意地选择任何一种方式进入大山。只要对自己，或对开路的前行者，有一种神圣的信任。更可以独自去开发一条全新的道路，去从未被人类侵扰过的纯净之地。因为我们走的根本就不是山，而是自己的人生和岁月。

以蚂蚁视角盲目累坏自己，倾尽所能爬过一个小土坡，以为到达了终点，却不知世界之宽广、宇宙之无界、心量之无限……终将累死在翻越一个又一个小土坡的路途中。

与其留下一个枯干的躯体给后来者当垫脚石，不如真正地享受当下每一刻。太阳升起又落下去，悲也放下，喜也放下。

何况脱离时间的向前，日出与日落本来就是同一件事情，只不过是身处地球不同方位的感受差异罢了，我们观看到的日出是地球另一半的日落，我们的沉睡也是别人的醒来。因此，开始与结束并无本质分别。保罗·奥斯特说："人往往从一个自我跳到另一个自我，竟不知我们自己是谁。一天跳上去，一天又跌下来；早上闷闷不乐、缄默无言，晚上放声畅笑，大讲笑话。"

你，醒来了吗？

后来，去西湖群山行走成了我在杭州的日常休闲，也慢慢走通了各种路线和山峦。我还会更多地走进深山，走近自己。与梭罗为伴，"从每天的探险、冒险和发现中回来，带着新的经历和性格"。

听着音乐，背着书籍，奔向每一片能让自己开阔的地带。树在，山在，人在，时光在，世界在，万物在。

路，没有起点，更不可能结束。它是我们的脚，是我们的心量，是我们无穷尽的生命延伸。灰尘，永远属于年轻的躁动者，因为他们喜欢翻动土壤，扬起泥土。而我，就是泥土里的一粒尘埃。

走出大山，我弄清楚了自己是谁，可我忘记了自己要去哪里……

在一个梦里，我再次见到了那棵喷有箭头的大树。它已因城市拆迁而被砍倒，几个工人正在努力地翻滚着树干，剥去老迈的树皮。我路过树时，那个红色箭头正好被削去了一半。树心空空的。我第一次意识到，树是圆的，那箭头其实并无所指。

是梦境，让我清醒过来。

2019 年于杭州龙坞茶镇重新修订

生命就是归于宁息

山地笔记：那颗想要超越平凡的心，落在一条无名的山路上。我带着一辆破旧的山地车和丰富的情绪，忠于感知地与自己说了三天话。在大地上倾听、反省、阅读自己。三天里，我看到了一个人的起点，看到了一个生命的终途，更看到了一群人试图向远方延伸的渴望。寻找能量地，也是寻找关于自身的答案。

活在时间之外，

横跨过去、现在、未来，时刻与世间万物沟通。

每个生命
都有自己独特的
　节奏

我走过了村庄／我独自在路上

我走过了山岗／我说不出凄凉

我走过了城市／我迷失了方向

我走过了生活／我没听见歌唱……

——野孩子乐队《眼望着北方》

向　往

终有一天，河流汇入海洋，从此它不再是一条河。

它尝遍的各种经历、故事、冒险，终将结束。

那是秋天，我走在黄昏的北山路上。大片大片的梧桐树叶，飘落进已枯萎在湖水中的残荷里，它们的归宿是共同腐烂。

抬眼望去，远处湖面上孤零零地漂着几只小船，成群的飞鸟正排着队越过船夫的草帽和孤山。它们将飞向更南方，开始一次新的生命迁徙。我猜想，如果墨守成规，也许它们就得死掉。所以在鸟儿的一生之中，它们要不断地迁徙到新的地方，春来秋去，以让生命延续下去。

或许，人类同样拥有这种迁徙的本性。比如现实生活中，我们每天都在试图寻找别样的体验，不愿重复昨日的时光，总以为远方是另一个太阳，并对外面的陌生世界充满好奇与向往，换各种姿势试探着去奔赴。正是基于这种本性，我的一次"心灵迁徙"开始了——它是不同于过往固有出行方式的一次新鲜尝试，是自我开发的一条解脱之道。

一趟穿越时间和心性的短途山地车之旅开始了。

刚出发时，我根本没有想过会走怎样的一条路。只是试着离开城市，信步由之。这与其说是一次骑行，不如说是在一条无名的公路上，带着一辆破旧的山地车和丰富的内心情绪，忠于感知地与自己说了三天话。在大地上聆听、阅读、反省自己。于苦行探索中自由放牧一次精神，借此磨砺脾性，重新审视未来。

正所谓流浪不必去远方，只需走进心里。

人生就是如此，我们总要为自己的"理想圣地"付出一些代价。毕竟这个世界上，再也找不到比我们的心更难以平息驯化的东西了。

　　骑行过川藏线或穿越过亚非欧等地的骑行族，听到短途苦行也许会不置可否地一笑。这只是他们热身的一个距离，但对于像我这样第一次骑行的人来说，能真实地体验到这项身心相结合的上路方式，并成功穿越浙皖两地，已自觉圆满。就像普鲁斯特说的："真正的发现之旅，不在于找寻新天地，而在于拥有新的眼光。"

　　有了这样一次经历，以后我就能毫无畏惧地骑车抵达世界上的任何地方。因为无论距离远近，都只不过是一个时间周期的差别而已。

　　同时我认识到，骑行不仅仅是公路上一场依靠体力的青春行为，还是对世界实相和自我空间的全新审视、发现、接纳，从而让我更明确自己的精神属性和理想圣地。

　　很久以前，曾看过一个纪录短片——《生命周期：山地自行车之旅》（*Life Cycles*）。一群永远融在山川大地里的年轻人，用青春的姿态面对人生，讲述人与自然、生命与体悟，通过热血行动重新认知生命和反思活着的定义。影片开头是一段深具寓意的哲学式独白："生命就是一条河，在河流的开始与结束之间，有千万条路线。我们会用一生时间去关注河流在哪里停止，又在哪里开始；在哪里流动得快速，又在哪里变得缓慢；哪条河流动得长，而哪条河流动得短。却没有注意到重要的一点——无论如何，河水永远在向前流动……也许，这就是生命的秘密。"

真理往往就隐在我们身边的微观世界里，万事万物都能与我们的生命巧妙地联系起来。如河水永远向前奔流一样，人也在属于他们的时光隧道中老去。对于某些群体来说，以理想的方式活着才是他们奔腾的生命应该有的状态。那是属于他们的河流。

"终有一天，河流汇入海洋，从此它不再是一条河。它尝遍的各种经历、故事、冒险，终将结束。"每个人的一生不正是如此吗？

我很喜欢那部纪录片里的台词和画面，它们可以在瞬间道出许多生命哲理。看着片中的他们骑着山地车穿行在麦田与森林，跳跃在悬崖与峭壁，奔向蓝天与白云，盘旋于大地与冰川，我不由热血沸腾。那才是真实而鲜活的生命在跳动。所以，影片在我心底留下了一个潜在向往。

我渴望着有机会尝试以这样的方式去体悟河流一样的人生。要用脚亲自踏上每一处山岗，跨过每一条小溪，感受大地的每一次脉动；要亲眼看着日落月升，以及一颗流星划过夜空；要穿过每一片希望的田野，与正在收割庄稼的人们同享喜悦；要在路过的荒野里听蝉鸣，闻树叶的味道，摘野果子充饥；还要站在山脉之巅对着天空和岩石大声喊叫……

在影片的最后，他们从悬崖上翻下，彩虹般的抛物线背后是他们对生活的彻底离弃。大地上残存着一些自行车碎片，天空一如既往的安静……我知道，他们一生的骑行完美结束了。河流也融入了大海。但车轮依然在转动，他们存活着的气息依然停留在每一个人的心间。

出　发

人未到，心先达。

世界上的任何地方，靠走，是无法到达的。

一本书里说："寻找能量地，是为了找到关于自身的答案。开始寻找能量地，是因为它已向我们发出召唤。"

寻找？终于有了一次亲自出发的机会。

不过这个机会来得有些意外和突然。因为在正式出发的前两天，我才得知一位毕业于中国美院的艺术家朋友在预谋一次穿过安徽去江西婺源、景德镇的踏秋骑行。那段时间我正好从异地旅行回来，租住在杭州郊外的一个小镇上，孤独得像只虫子。整日转悠于美院附近各艺术家们的工作室或西湖山里，名曰寻找创作灵感，实则寻茶喝，闲逛，虚度光阴。来自任何人的一次小小邀约，对当时的我来说都如同一个可以冲破孤独的出口。刚好那位艺术家朋友组织了一次饭局，席间他召集大家响应他的秋行计划，不过大家纷纷以工作难脱身为由回绝了，甚至各种调侃和挖苦他。只有我决定响应。

想着无非是挑战一次自我，让自己再青春一次。

而在此之前，我没有任何的骑行经历，连一辆山地车都未曾拥有过。我过往所有依靠自行车出行的记忆里，最远的一次也不过十公里，那是大学时从汉口买了辆二手车骑回武昌。

不过我一直有着很浓的流浪情结，时刻渴望着让自己的生活充满新鲜体验，因此我坚定地想要新的出发。

如佛陀所说："世界上的任何地方，靠走，是无法到达的。"要到达任何一个地方，只有心念先抵达。

因此，在决定参加骑行后，我特意将那部纪录片翻出来重温了一遍，以此给自己补充一些内在的精神力量，更为了让潜在向往能够真正地落地生根。

对了，那位艺术家朋友外表看起来很嬉皮士，常留着一脸金斯堡式的大胡子，实则是一个意志坚定、很有规划、做事严谨的人。他有着丰富的骑行经验，大学时期就曾从上海出发，一路沿 318 国道历经七十多天，骑行到中尼两国的交界地樟木。那趟长途骑行让他对自我有了清醒的定位和认知，回来后他创立了自己的竹文化工作室，寻找到自己愿意为之奋斗终身的热爱。

其实我之所以能和他结识，是因为他那次长达七十多天的骑行经历在我心里占了很大的比重。我觉得一个人能跳出生活之外坚持这么长时间的孤独之旅，内心一定有着别样的信仰所在，而这种信仰能支撑一个人走到更远的地方。

预知困难，是那位艺术家朋友做任何一件事的前期准备。

出发前一天的上午，突然接到他的电话，说为了安全起见要提前考察下我，先带我去西湖山里的盘山公路上试骑两小时。并且给我准备好了骑行服、骑行帽什么的，还从一个朋友那给我借来了一辆山地车。

也许那时在他心里，预判我可能会是路途上的累赘，或是他看过《转山》那部骑行电影后的臆断。我心想，骑行不应是一次放松的自然漫游吗？有必要这么紧张？何况第二天就要真正上路，还不趁早节省点体力好蓄势待发？但我明白不能总是因一点小情绪就把一个尖锐的棱角丢给对方拾取，我必须观照他的内心想法，尽量遵从他的计划。在不失自我主见的时候更多地顺从别人，是一种慈悲，是心与外在一切融合的基本素养。

于是我没有表达任何不情愿，跑到了他指定的试骑点。当我此生第一次穿戴上骑行装备，真的感觉到面对着一个全新角色形态的自己。

试骑很快在各种新鲜感的探索之中过去了，并且一想到次日就要开始真正的骑行，那种期待之心瞬间盖过了当下的苦闷。虽然在几处陡峭的上坡路段也曾有了退缩和怀疑的念头，意识到这样的骑行确实将是一次身体和心理的双重考验，不过，这不足以引起意志波动，我还是要坚持着去尝试未知，从心出发。

"出发，明天凌晨四点半就出发。"

试骑一结束，艺术家朋友就果断地定了时间。我还没来得及反应，他继续说："要体验骑行，夜骑是必不可少的一部分，更是最刺激的一部分。"并且他一再强调，让我不要带任何多余物品，最好净身出发，以减轻路上负担。

好吧，就这么定了！我看了看那辆借来的、已显破旧的山地车。

当然，那辆车同样有着非常坚韧的故事。它也曾亲历过川藏线、318国道、环岛等多趟艰苦的长途之旅，车身上沾满汗水与苦涩。我对这样的车充满崇敬和信任，坚信它一定能带我到达任何想去的地方。

唯一的限制在于心。

次日凌晨，未等到闹钟响起，我背上简单的行囊，在黑暗中推着那辆山地车上路了。借着马路两旁微弱的灯光，赶赴与艺术家朋友约定的会合地，也是我们骑行的真正起点——龙坞茶镇。

待我到达会合地点时，发现他早已整装待发地站在那里等我。无须过多言语，趁着热切的心，上车走人。

跨上车身的一瞬间，我莫名其妙地想起了野孩子乐队的一首歌，《走了》。不是歌唱本身，而是结尾的独白："没有人告诉你，你的前方，正是那夸父死去的地方。你趁着天黑，他们还没起床，你就走了。"

我们穿过一个隧道，沿着狭窄而阴森的留泗公路一直向前。此时，仍然只能依靠昏黄的路灯前行。沿途偶尔有早起的大货车从身旁鲁莽地飞过，并时常伴随着巨响的喇叭声，车厢带动的风仿佛要将我和自行车掀翻在地。一种无名的紧张感和恐惧感缠绕着全身，使我的前行变得小心谨慎。

走着走着，天就亮了。

清晨的风和一缕缕刚刚穿越地平线的阳光，洒落在自行车车轮的钢圈边沿。它们时隐时现，像指引我方向的佛光。这种不经意间给出的、视觉之外的启示和感应，让我对平日生活中看似简单的一件物品肃然起敬。

慢慢地，随着太阳升起，马路上的车流不再熙熙攘攘。人们赶着去写字楼构筑他们的现实欲望。我顾及不了那些汽车催促声，一路朝西奔去。踏在九月的尾巴上，一切从脱离城市、脱离被物质和世俗烦恼污染着的心开始。

独　行

不过是尝试着换张面孔生活，

在城市之外的荒野晒晒太阳，找个开阔的地方释放孤独。

每个生命都有自己独特的舞步和节奏。

我们一前一后奔过西溪湿地那片隐逸之所，在马路边一个早餐摊前停了下来，我们用最大食欲度点了些食物。强迫自己生硬地往嘴里塞东西，生怕经过荒野时能量储备不够。

有意思的是，那顿早餐让我吃了很久，没有一点赶路人对于时间的紧迫感。我甚至想和旁边同在吃早餐、戴着黄色安全帽的建筑工人们聊聊天气，听听他们对这个城市的幻想。我发现，只要我以一个局外人的身份去探索一件事物时，自己的心是完全松开的，是不带任何束缚的。往往与"我"有关联时，心就容易忧伤。

当我还在早餐桌上悠闲着时，艺术家朋友似乎有点等不及了，不时发出强烈的催促声，伴着他那焦急而又迫不及待的肢体语言。我觉得他把这趟骑行弄得像一场革命似的，是某种"追寻"在操纵着他，抑或是爱情，抑或是其他心之所盼之物。总之，他被骑行之外的念头所控制。

而对于我，不过是尝试着换张面孔生活，在城市之外的荒野晒晒太阳，找个开阔的地方释放孤独，像一个永远在苍茫的草原、灌木林或沼泽地漫步的独居犀牛。同时，心安之时与自我对话，观照内心的七情六欲和真实感知。至于目的地，一切随缘而进。

但那个艺术家朋友，是有着明确目的地的人，至少外在形式上是这样表现的。他一心想赶路，或许只有到达终点，他才觉得是一趟完整的骑行。又或许他和其他大部分骑行者一样，之所以把骑行当成一场革命计划，是为了享受征服结果和战胜自己。因此他第一天制定的目标是骑行200公里到达安徽歙县，他必须先战胜它，征服它。

当然，无论选择什么方式，都无关对错。只不过是每个人的阶段性哲学观或自在观的差异罢了。同样是飞行生命，小蜜蜂专注于在花丛中采花，而蝴蝶却专注于在花丛中起舞。

生活中，我们很多的计划往往只有缘起。

本以为我会和艺术家朋友一起同行，回过头来发现，我们自始至终都没有同路。他给了我动机和缘起，一切过程却不再与他有关。我们吃过早餐，骑过杭州最西边的一片区域，寻找着城市出口。在还没彻底出城的时候，艺术家朋友一心执迷于目的地，选择了独自前行。

一个不能在路上浪费任何时间的人，和一个总在路途中享受时间的人，自然无法同路。特别是当我知道艺术家朋友前进的动力，是源于奔赴目的地去约会一个姑娘时，我终于明白，原来是一场还不太明媚的爱情迷惑住了他，让他失去了作为一个行者应有的心境。而此前因猜想他一天骑行 200 公里是因为某些精神上的崇高信仰，或是身体上的极限挑战等而生发的敬佩之情，瞬间黯淡了下来。

爱情，总会在某段时间碍住一个人的智慧。它束缚住人的心，是不可预料的无底洞，是情绪深渊。

我们每个人的出生就预示了终极目的——走向死亡。在这个过程中，每给自己硬性设定一个目的，都不过是在一条长长的生命绳索上，强滴出一个细小的墨点记号。

只有当自己看不透远方时，才会那么拼命地去奔赴。

从城市道路转到浙江通往安徽的一条省道，至此，我开始了一个人的孤独前行。既然一个人了，我可以完全跟随自己的节奏。好比每次鸟鸣都有自己的振次与频率，每首音乐都有自己的调式和音高。在我的家乡，无论播种、收割、说话，还是孩子们的成长，都遵从天然的节奏。

那些急于赶路的人，随他们去吧。

我索性放慢了脚步，不想做自行车的奴隶。于是偶尔将车子停靠在马路边的大树下，驻足，观风景，拍照，听歌。又想起了我出发的初衷，只是离开城市，信步由之。

一个人的骑行，独立自在，我享受着一切由自己做主的感觉。并暗自决定，要让独行成为一种生命常态。

我一路播放着各种公路之歌向前："我要像梦一样自由／像天空一样坚强／在这曲折蜿蜒的路上／体验生命的意义……"

好像花鸟树虫都在听我歌唱。我将喜悦情绪传递给大自然，大自然回馈给我的也是喜悦。那样的时刻，忘却了身体上的疲累，注意力转移到纯粹的享受本身。

不多久，有三个骑着公路赛车的年轻男子从我身边倏地飘过。他们追求最极限的速度带来的刺激，偶尔甩开车把手，双臂伸向天空尖叫着摆出飞翔的姿势……年轻，是他们张扬的资本。

木心曾说过："那些飞扬跋扈的年轻人，多半是以生命力浑充才华。"不知道晚年隐居在乌镇，进入人生黄昏期后的他是否意识到，生命力本身应该超越才华，生命力是天生的，才华是后天习得的。如果让我选择，我宁肯放弃才华而拥有充沛的生命力。

未　知

如果生命在召唤你，

你必定会以最大的热忱毫不犹豫、毫无顾虑地去响应它。

　　我一直沿着那条省道往西行驶。由于现代高速路网的发达，那条曾经无比繁忙的省级公路已渐渐被人们所遗忘，甚至很多路段都已被废弃成无名公路。即便如此，它依然是苏浙沪皖一带骑行必选的黄金之路，蜿蜒曲折地盘旋于众多低矮山谷之中，孤立而隔世。

　　在中国这样一个不注重路途文化的国家，路，大多数时候并没有让人忆起它的精神象征，仅仅是个通道而已。其实，中国辽阔的地域和丰富的民族特性，孕育了世界上最发达的公路文化，以及关于路的远方象征和艺术表达。公路可以拉近两地之间的关系，更可以让地域风俗和精神文明沿着公路向远方撒种、蔓延、融合。

而我，正试图带着我的精神向远方延伸。

彻底骑离城市后，又经过一个小时左右的骑行，到达了青山湖。青山湖为大型人造湖，位于杭州西郊三十八公里处。出发将近五个小时，才逃出城市这么一点距离。看来，人类在大地上的活动，就和我们看一只蚂蚁在稻场上爬行一样微小。

想起这，我有些沮丧，于是坐在路边听了一会儿歌。

青山湖风景独特，环境寂静，正所谓"树在水中长，船在林间行，鸟在枝上鸣，人在画中行"。我甚至渴望能像梭罗一样，在那里建造一座木房子。每天背山面水，喝茶，晒太阳，阅读，静处。偶尔种植蔬菜和粮食，在湖光山色与人文中亲近生活，回归本源。

不过，一切只是幻想。

身体上的苦很快就把我从幻想中拉了回来，并且"过往经验"时刻跳出来怀疑现在的骑行状态，与自我坚持的信念做着斗争。

有一个声音告诉我，苦行只会让你麻痹知觉，怎能从中获得开脱？另一面，我又极力抗拒这种认识。从苦中解脱哪有那么容易。

如果不对任何事物抱有希望，就没有任何欲求。假若完全没有欲求和目标，同样会失去节奏和动力。在我对自己的耐性还没有一个准确认识时，曾不断地给自己设立一些短期目标，以强化自己某一阶段的前进成果。总想着，要给自己的心一个完整交代。

至于最终能走到哪里，充满未知。

我知道，这只是提前为自己找好一个潜在的退缩借口。像我们在工作或生活中常常爱做的那样，当需要攻克一项任务或完成一个梦想时，往往不是给自己最大限度地存够力量，而是先留够退缩空间。那是一种对自己的不信赖，或信赖得不彻底，它培育着放弃和失败的种子。

每当自己的意志力稍微一退让，这粒种子就萌芽。但凡成功者，都是那些拥有超强定力的人，所以我们必须克服掉自己人性里的懒怠。

差不多是从青山湖路段开始，路途中的骑行者越来越多。我总不断地被各种热情的陌生骑友们捡走。

他们都很友好地与我交流，帮我修理那辆破旧的山地车，教我一些节省体力的骑行方法，有着最纯粹的人与人之间的信任。由于每个人有着不同的出发点、不同的目的地，更有着不同的前行节奏，像我们漫长的一生，和某些人只能在特定的一段路途中相交。导致我不得不短暂地、被动地融入他们，再脱离，如此循环。

他们问我去哪儿。

说实话，我真不知道自己要去哪。没有目标，只是沿着这条公路，检验一下自己的忍耐度。任何时刻，继续往前走就是我唯一的目标。

向着太阳的方向，我路过田野，路过村庄，路过湖泊，路过山林。脚下做着麻木的机械运动。可我发现自己并没有过多的心思去欣赏美景，整个思维意志被牵引到另一面痛苦感知上。由于是第一次长途骑行，已经在公路上奋战了六七个小时的我，每当注意力松软下来，身体上的疼痛就会盖过意志来找我麻烦。

不过我强忍着身体上的劳累和心理上的退缩，继续在路上前行。

那条公路经过南宋都城临安后，仿佛变成了一条绿色观光带，让奔行其间的骑行者们心旷神怡。同时，反复盘旋的环山公路又是考验一个骑行者心理承受力和耐力极限的最大阻碍。人在两种心性之间来回碰撞，最终只能靠近一个。

就像即将进入一条长隧道前，伴随着车胎的破裂，我所有的倦意和不耐烦涌上心头。于是我很粗暴地将自行车一脚踢倒，疲惫的身体顺势瘫坐在公路旁，良久才回归理性。庆幸遇到一个陌生骑友，他给了我一条备胎。

换好后我在原地睡着了，还做了一个梦。

醒来，看到那条隧道里面漆黑一片，望不见出口，并且坑坑洼洼的，还有很多积水。我犹豫着，迟迟不敢进入。

是的，人生总会路过一些黑暗，无法靠自然光前行。

鼓起勇气摸黑穿到隧道的另一头，那边是一段让人无比享受的长下坡路段。自然是在用心良苦地以现实物景来启发我们：只有经历过黑暗，才能收获享受与光明。

远方，
是我们种在
心里的太阳

当我面对这无人的戈壁／我觉得心浪伏起

告诉我／我们从哪里来／我们是谁我们做什么

告诉我／为什么忙忙碌碌／却不知道走到哪里去

别想把黑暗放在我的面前／太阳已经生长在我心底

不再有封闭的畏惧／奔腾的灵魂飞上天际

太阳／你在哪里／太阳／我在这里

——唐朝乐队《太阳》

记 忆

除了孤独，

没人会陪伴你那些遥远的成长。

不知道该再听点什么音乐，所有的音乐已被重复了无数遍，但又不能因此而离开音乐。就像我们不曾因每天面对同一个太阳，重复着同样的日子而真正地离开生活。

我孤独地在公路上默默前进，骑过一个不知名的村庄，抬头看太阳，它即将跑过头顶。总有迎面相遇的反向骑行者隔着很远冲我大声喊加油，于是疲惫的心瞬间被感动。互喊一声"加油"似乎成了路遇骑行者之间约定俗成的默契。

除此之外，我不知道还能对他们说点什么。偶尔会和不同的骑行者同行，再分开，彼此并不过多打探，仅仅只是一场路过。

音乐，成了我精神意义上的远方；而唯一能成为我地理意义上的远方的，是太阳。

我一直对村庄边那些金黄色的稻田充满好感，甚至着迷。每路过一片，都不由自主地将自行车扔在公路旁，停留下来久久地凝望。有时还走到稻田中间去，抓起一把新禾放到鼻孔前，感受它们新鲜而成熟的气息。

特别是每当我把自己的身体埋入稻禾之中，看到稻谷一生只有代表青春的绿色和代表成熟的金黄色时，会即刻生出视觉上的敬畏和哲学上的思考。

想起父母，他们每天在大地上忙碌，每天用双手亲近田地，是对土地有着深层依赖和特殊理解的"哲学家"。土地是他们唯一的生存之源和希望之田，土地是他们的寄托和远方。

我很喜欢和田地里的农民们聊天。只有在他们面前，我才显得真实而自然，他们会传递给我久违的真诚和淳朴的关怀。刚好那时正处于一个丰收的季节，不远处有忙着收割的人群。我大胆地走过去，融入他们，和他们一起聊天气，聊收获，聊种植，聊社会政策。

待聊到城市生活时，一位农妇很主动地和我说起了她儿子。她说："他跟你差不多大，在城里一个电器厂上班，去年不小心被机械绞断了一只手。"

"后来呢？"

她沉默了一会儿，说："后来就被工厂辞退了。"说完，她短暂地望向我，又善意地笑了笑，既而低下头，像什么也没发生，继续收割。

他一生的远方，结束了。

我记忆库里储存着很多对田地的回忆，一旦触碰到相似的景物，它们就会被击醒，重新活跃起来。因为小时候，我是被父母放养在田间地头长大的。

他们一边劳作，一边让我独自在田间大石头上玩耍。遇上天冷时，他们在田间用高粱秆生起一堆大大的火，并挖来一些土豆、红薯放在火堆里烧熟，充饥。

过去，土豆和玉米是我们山区土家人的主食，只有家庭特别富裕的小孩能够偶尔吃上几顿白米饭。

后来，一些平原地带的人们慢慢发现了一个商机——每到土豆成熟的季节，他们就用货车拉着滞销的大米奔往山区，和农民们交换土豆。视土豆大小而定，以七到九斤土豆交换一斤大米。

那时山村里还没有公路，人们要把土豆背到很远很远的地方，换回大米又背回家。于是每年一到夏天，我就开始帮父母背着土豆去换大米。劳累和营养不良压缩着我正在发育的身体，但心灵上的空白和环境上的贫瘠让我并没有过多地怨恨，反而会因换回了大米而喜悦。

大米、夏天、货车，构成了我童年的远方。

直到今天，我最依赖的食物还是土豆。一生中，这种记忆太多，并不断累积。没有人知道我们记忆库的容量到底有多大，每一个记忆因子对人的行为意识又到底有多大的影响。

比如在我脆弱沮丧时，脑海中经常会回荡起妈妈的声音："广，你要好好读书，将来去远方……"那时，对我来说，远方还并不具备任何象征意义，仅仅是我们渴望走出大山、改善生活的唯一方式，如同非洲球员踢足球的最初动力一样。

因此，儿时哪怕是看到一名长途货车司机，都对他充满羡慕。关于那些遥远的故事，我总是讲不完。每个人的生命，只有自己去体会冷暖，自己孤独地去寻找远方。我要做的，只是感恩少年时期的所有境遇，它们是促成我人生成长的养分。

又经过一个多小时艰苦的骑行，我到达了另一个村庄。骑行服表面早已渗出一层厚厚的白色粉粒——身体里流出的盐分。此时，太阳已彻底地跑到了我的前面。

很多农民将丰收的粮食晒在公路两旁，黑色大狗在烈日下照看着家园。我实在忍受不住饥饿，沿途都在寻找一个可以填饱肚子的地方，注意力集中在探索每一份希望上。终于碰到一家用木板搭起来的简易小卖铺，冲进去连泡了两碗方便面，然后麻木地瘫坐在那里。如果还在路上，我或许还能坚持，可是人一旦在某个极限处放松下来，整个意志会突然间垮掉。

潜意识中一个声音催促我：不要停止，继续向前，向远方。

那是基于内心的一种自觉。正当我扶起自行车时，远远看到一个八九岁的小男孩向我跑来。他站在自行车前，保持着一份谨慎的距离不说话，只是羞涩而礼貌地微笑着。从他的眼神里，我读到了某种似曾相识，那是儿时的自己看到货车司机能去远方时的羡慕和向往。

我主动拉着他合拍了一张相片。拍完，他迅速转身跑进屋子，拿出一个大大的红薯送给我。一直到我离开，他依旧羞涩着没有说话。骑出去很远时，我回头，发现小男孩还站在原地，眼巴巴地盯着公路延伸的方向。

也许，每个人的童年都有着相同的远方渴望。

太　阳

或许，生活中的一些美感来自距离。

远方是用来信仰的，不是用来追逐的。

往前走，浙西的公路全是顺着山脉高低起伏不断，挑战着人们最大的耐性，耗费着每一个骑手的体能，勾起怨恨心。很多人在这种没完没了的坡道变换中，被整得异常情绪化。

我早已落在了太阳后面，整个下午，都在像夸父一样追赶着太阳，把所有的力气撒在路上。总有些路段，很长很长的时间碰不到一户人家、一辆车或一个骑行的人，可当我习惯了这种宁静时，他们又不约而同地从身后蜂拥而至。交错的瞬间彼此鼓励一声，再目送他们远去。

我无意合群，坚守着自己独有的节奏。

十个小时的骑行已使我的体力明显下降，每爬完一段上坡都要蹲在高处休息一阵。有时会听几首歌，有时会从背包里拿出一张张空白的纸片，随性记录一些只有自己看得懂的文字。我热爱这种比印刷品更原始、更具有独一性和私有性的文本。

接着到达的一个小镇，它有能让我记住一辈子并充满虔诚向往的名字——太阳。太阳在我们每个人的生命中，都是一个非常圆满的象征。

我一直追逐着太阳，原来地球上还真隐藏着一个叫太阳的地方。它坐落在浙西天目山脚下，因境内的浪山上有一种会放出亮光的石头（人称"太阳石"），取名为太阳镇。

可惜我路过太阳镇时，并没有太阳，乌云遮蔽着一切。马路上尘土飞扬，长长的货车带过浓烈的噪音，而我的耳机里也似有灵犀，恰好播放着平克·弗洛伊德那张著名唱片《月之阴暗面》（*The Dark Side of the Moon*）。

或许，生活中的一些美感来自距离。远方是用来信仰的，不是用来追逐的。我放弃了在太阳镇停留一晚的冲动，不想再去打探和深入了解，就让这种朦胧而未知的美好想象，停留在距离上吧。

过往经验告诉我，只要在路上坚持着不停，身体就不会太过疼痛。一旦松懈下来，心垮掉了，身体上的痛感就会迅猛地袭来。

我在拼尽全力的蹬踏中，爬完一段超长的陡坡，失去知觉般地倒在顶端一块石头上休息，等待着接下来下坡路段的轻松享受。大地是公平的，你爬多少上坡，它会还给你多少下坡；你吃多少苦头，它还你多少甘甜。

万物永远是相对应的关系，从来不会以某一面单独存在。

若按照叔本华哲学论，我一定是个彻底的悲观主义者，习惯将最艰苦的东西先征服掉，而迟迟不肯或舍不得去享受"甜"。

太阳落山前，没有任何征兆地来了一场暴雨。

我被这阵暴雨淋醒了，它洗去了我对骑行的最后一丝新鲜感。再一次想到了放弃，于是计划尽快赶赴下一个小镇住宿，解决饥饿。

终于坐进一家小餐馆，让老板炒了两个特意加辣的重口味川菜。我一边狼吞虎咽，一边向邻桌几个徒步徽杭古道归来的女孩子打听周边旅馆和返杭的车次情况。餐馆老板出于关心和好奇，随口问了句："你们这样骑行有什么意义吗？"

他的话无意中激起了我内心对骑行的新思考。

那我，真的就这样结束了吗？正当我内心纠结时，餐馆冲进来一个年轻人。我一眼便认出了他是个骑行者，他同样也认出了我。我们在同一家餐馆，点了同样的菜，喝了同样的啤酒，但谁也没有主动开口说话。

直到他吃完买单时对老板说："把旁边这桌一起买了。"并顺手指了指我。我立马阻止，于是就在这份客气之间，打开了彼此的话匣子。

他叫苏深，来自上海。这次脱下西装出来骑行，似乎有一种任重道远的使命感，因为他带着全单位人的心愿。所以他每到一站都做很详细的攻略记录，拍照，好带回去给那些整日宅在写字楼里的同事们洗心。

那已经是他在路上的第二天。他从上海出发，比我多骑了一天。

也许是属于一个城市白领特有的职业素养，他说话总显得彬彬有礼，而且始终保持着某种克制，不过多地打探对方生活中的隐私。这是路途中相遇的一种纯粹，多了一份脱掉面具的自在。何况我们追求在路上，本身就是对现实层面的一种隐去。

我喜欢这种纯粹。如果不是他主动说，我也不会去关心他的身份、工作和现实的一面。有什么必要呢？

自 己

我并不是真的盼望着一个具体的终结点，

而是重新定义自己的耐性。

我们要走的路，有着太多的不确定。

"心无时无刻不在产生各种念头。它没有目的，也没有方向，没有过去，也没有未来。心与事物碰撞产生第一个念头，之后是念头产生念头。"不太记得是哪本书里说过的话，我却有了真实的体验。"他人的一句劝诫，自己的一个闪念，偶尔的得与失，都时刻在改变着我们命运的走向。"

路遇新的伙伴，又多了一份动力。那个要出走的心念，像一颗要生长的种子，又埋进了我心里。于是，在遇到苏深后，我决定继续骑下去。和他一样，一路骑到安徽，骑到古村落，骑到未知地。我并不是真的盼望着一个具体的终结点，而是重新定义自己的耐性，始终保持心里那份向前走的渴望。

从餐馆出来，我们计划同行。得知离下一个小镇只有十五公里左右时，我们放弃了就地找旅馆，决定再坚持一把骑到下一站。

待我们重新上路时才发现，大自然总会预留一份特定的神秘给那些勤劳而虔诚亲近它的人。雨后黄昏的天空，铺满一片红色晚霞，将整个山脉和田野映照成一幅梵高式的油画。快要掉落到地上的太阳，像是正和孩子们玩捉迷藏，只是还未来得及将另一半身体隐藏进山岗。

我第一次以这样的方式注视日落，它让我想起印度诗人泰戈尔的诗句：他日飘进我生命的浮云，不再带来雨滴或暴风雨，而只会为我落日的天空染上色彩。

日落每天都在发生，我们也每天需要升起新的感知，无时无刻不灌注新的期待。就像在这段黄昏中，重新拾起了我那份初发心。

离开这儿，向前走。

苏深骑行经验比我更丰富，上坡路段常常比我骑得快，所以他经常半路停下，将我车上的重物和背包绑到他车上。他明白同行其实是路途中的一种相互帮助，并不是一切以自我为中心，更不是盲目地比拼速度。

我们终究跑不过太阳。

落日彻底不见了，黑暗放在了我面前。疼痛的忘却只是暂时的，每遇一个坡点都在唤醒身体上的劳累。经过一整天的骑行，仅用最后的一点力量支撑着赶路。对意志力的探索，引领我回归对身体的重视与观察。

真的走不动了。公路周围一些狗叫声激起我的恐惧感，生怕它们会不经意地从某个黑暗中蹿出来追赶我。直到终于抵达了一个偏僻小镇，远远看到一些微弱的光亮，心才松懈下来，总算有了一天结束的希望。

我们将背包、自行车等行李放在简陋的旅馆，脱掉骑行服和帽子，顿时感到一种解脱。

本就对那个偏僻小镇的旅馆没有过多奢望，只想至少可以冲个热水澡，最后还是失望了。我强挺着用冷水冲洗完沾满汗液的身体，再也懒得动了，躺在旅馆床上一遍一遍翻看相机里的沿途记录。

我似乎有些明白骑行的意义了——当那些躲在过程之外，不断跳跃进脑海里的回忆碎片带给自己一丝微笑时，意义就已经存在了。

是谁告诉我，很多东西只是一个过程？

后来，苏深约我外出吃夜宵，我不好意思拒绝，于是就随他走出了旅馆。夜色中的小镇冷冷清清，除了偶尔几阵狗叫，几乎听不到其他声音。一种莫名的荒芜感笼罩着这个小镇，也笼罩着我那份渴望隐居的心。我们寻遍了整个小镇的街道，最后坐进了唯一一家亮着灯的餐馆。

那天，苏深喝了很多啤酒。路灯下，他高高举起一个酒瓶说，自己从来没有这么爽快过。平日里喝酒都是被动着交际和应酬，只有那天才纯粹是因为自己，是选择了主动的生活。

他站在黑暗中迎着风喊："我极度怀念曾经能做自己。"

一直往前，

我们的归宿

在何处

一个人要把肉身放在岁月的砧板上

煅打多少次／他的心才能坚冷如钢

一个人要让泪水浸泡过多少次

那他的眼神／才不会迷惘

或许我们追求了一生／仍要从追求本身寻找

或许答案不在远方／而在你我的心上

——尹吾《或许》

稻　田

站在自己的稻田里，

播种，忙碌，收获，抑或仰望星空。

那个偏僻小镇的旅馆虽然很破旧，但那一晚我睡得十分安稳，甚至疲惫得连梦都懒得再做。

醒来时，阳光已从窗外照射到旅馆内并不干净的墙上。站起身，将头伸出窗外，看到的却是极度干净的山谷和云朵。有那么一瞬间，我产生了强烈的向外之愿：我要上路，我要清空，我要远方……

于是精神饱满地撕开了新的一天。

待我下楼时发现，苏深早已收拾好行李，坐在自行车旁边等待着随时出发。他一边不停地翻看着相机里的昨日记录，一边玩笑式地说："我们现在所做的一切，虽然很辛苦，但是等到六十岁再来回忆，会充满敬畏和感动。因为这就是我们的青春归宿。"

我们有过青春归宿吗？能不能先把每一天都活成青春？

在旅馆楼下，我们吃过早餐，买了备用水背上，跨上自行车走了。

高大的白杨树将阴影投在公路上，我躲避着阳光，沿着阴影前行。时常会有蓝色的大卡车迎面扑来，我只能暂时地妥协着让路。即使我还有青春，也不愿再去付出鲁莽的代价。

相机被我收了起来，想更多地用眼睛去观察大地，少一份刻意记录，让一切只在内在体验里。

幸好自己年轻的身体总能从一夜安睡中恢复如初。于是从小镇出发时，我独自向前，将苏深远远地甩在了身后。不知道为什么，我还是不自觉地热爱孤独和自由。有时，远远地看着落在后面的苏深停在某处拍照、摄像、认真做笔记，心想，他连在路上骑行都不纯粹是为了自己。

途中不断遇到徒步的背包客，彼此微笑着点下头，再不说过多的话。语言成了多余，因为大家都理解对方的世界。

我开始后悔没有背上一把吉他和一个手鼓。要不然，公路上随时叫上一群陌生人，一起歌唱着真正属于年轻的自由之歌。随即想起艺术家朋友一再强调的，为了减轻重量而净身出发。那是另一层意义的追逐。对我来说，如果可以，我愿意带上所有的家当在路上。因为我们真正需要做的，是减轻心理上的负重，而非物质上的简单舍弃。

如果不阅读，行万里路不过是个邮差。同样，骑行中如果不能将当下心境与自然万物的秘密联系起来，并用心去发现它、感受它，那骑万里路也不过是磨烂几条轮胎。

至少，我不想忽略路过的每一片寂静的田野、每一座沉默的山川、每一声热诚的问候、每一声动听的蝉鸣、每一条潺潺的溪流、每一处祥和的村庄……它们总能悄然无声地在我心底击起某种回响，产生某种与大自然的跨次元共鸣。

它们不在相机里，不在笔记本上。它们，在脚步声中，在寻找归宿的心愿里，在大自然的隐秘地，在灵魂深处。

就像每当那成熟稻谷的清香飘到我的面前，我都会为它们而驻足停下。和《关于莉莉周的一切》中那个拿着CD唱机的少年一样，孤独地站在穗浪中间听着音乐，让自己心灵深处那些最敏感最懦弱的部分，找到一个属于它们的安全角落。

不经意间听到苏深的手机铃声，是郑钧的那首《私奔》："把青春献给身后那座辉煌的都市／为了这个美梦，我们付出着代价／……一直到现在／才突然明白／我梦寐以求／是真爱和自由／想带上你私奔／奔向最遥远城镇……"

我们路过的地方，的确是浙江境内最偏远的城镇。公路两边有很多稻田，每路过一片，苏深会像孩子般惊叫，并且超乎常态地热爱在稻田边拍照。

他和我们大部分"80后"一样，童年也是在田地里长大的。他说那时要帮父母插秧，每天光着脚丫卷起裤管站在水里，总渴望着早日插完，但每到天黑依然看不到田地的尽头。

可是，当他描述这些时，我脑海中浮现的却是郑智化《水手》的画面："年少的我喜欢一个人在海边 / 卷起裤管光着脚丫踩在沙滩上 / 总是幻想海洋的尽头有另一个世界……"

也许，每个人的记忆里都填满了各种成长，都有那些翻越不过去的少年感伤。只是在他如今的脸上已看不到那些过去，因为他早已成长为一个以繁华都市为新稻田或新归宿的男人。不知每到天黑，他是否能看到田地的尽头？田地的尽头又是否有另一个世界？

我和苏深的同行，沉默是大多数。就这样一前一后骑过一个又一个山坡。

虽然踏在同一条路上，脑海里却装着各自的大千世界，正如同流水不知船的心事。

不过有一点是共同的，那就是对稻田的热爱。

我们都期望赶在日落之前，将那些为了粮食的奔波抖落在地上，回归一个真正的净身。我们也期望赶在日出之前，将那些为了理想的悲伤掩埋在黑夜，回归一份真正的喜悦。然后站在属于自己的稻田里、归宿里，播种，忙碌，收获，抑或仰望星空。

诗 人

当你踏上大地的那一刻，

你就是个诗人。

那是我骑行方向上浙江境内最后一个小镇，地处浙皖交界处。

我渴，于是到临街一家小商铺买水。临走前，见那店主是一个孤寡老人，多留给她五块钱。但老人也不白拿，顺手抓起一把山核桃塞给我。

离开小镇，我以悠闲的速度踏进村庄和山林。有些奇怪，无论大地上是什么，浮现在我脑海中的始终是第一天在路上的所有画面——那些不断与我打招呼的热情面孔，他们电影画面般地一幅幅闪过。

印象最深的是一位来自舟山的独行者。对，就是那个送给我一条备胎的人。当时我正升起放弃的念头，是他将我重新拉回路上。在我们同行的那段路程中，他给我脑袋里灌满了关于他经历的故事和骑行哲学——他辞掉大学教师工作，跑去非洲骑行，从此一发不可收，于是边打工边陆续骑完西亚和欧洲等地。

他始终在路上，体验不同的人类文化和生活方式，行走是他的归宿。

他的背包里放着一本《不去会死》。

他还说待他把世界上所有的陆地骑完，将尝试另一种人生：开着一艘小船，从舟山开始他的环海之旅。

我不知道他能否实现这个看似不切实际的梦想，可他正在一步一个脚印地走着。很多时候，比梦想本身更可贵的，是那颗坚定地走上追寻梦想之路的心。

"当你一个人身处异地时，你看到的一切，和你在熟识的群体中看到的完全不同。那时，你是另一张面孔。人生就是用来体验和感知世界赋予我们的一切。"

和舟山骑友同行，我成了一个纯粹的倾听者。他像背书一样滔滔不绝地说着："工作时，你仅仅是一个人，骑行时，你就是整个世界。你不停地遇到各种人，遇到他们的故事和经历，并试着接纳和融入他们。在这个过程中，你唯一需要做的，就是改变自己、剥夺自己旧有的世界观。只有这样，你才能接收新的一切。所以，那句话是对的，骑行时你不仅重新认识了自己，也重新认识了大地。"

"你会背尼采的诗吗？"他问我。

"尼采不是哲学家吗？"

"不，每个人在做哲学家之前，都得先是一个诗人。就像我们骑行，踏上大地的那一刻，你就是个诗人。"说完他开始大声背诵尼采的诗：

人生没有目的，只有过程，

所谓的终极目的是虚无的。

人的情况和树相同。

它愈想开向高处和明亮处，

它的根愈要向下，

向泥土，向黑暗处，向深处，向恶。

千万不要忘记，

我们飞翔得越高，

我们在那些不能飞翔的人眼中的形象越是渺小。

后来，我们因不同路而分开。

一路上，他像是个开阔的世界传教士，而我只是一个沉默着走自己路的人。不过，我们都是大地的诗人。

当我踏上大地的那一刻，我就是个诗人。我永远记住了他的这句话。

诗人继续往前走，完全不知道自己行进到了什么地方。在一个上坡路段，碰见两个奇怪的年轻骑行者，不，年轻诗人。他们将自行车倒在田地里，压倒了一大片庄稼，然后躺在公路阴影处睡觉。

一看就知道他们负载过重——硕大的行囊背包、相机、水壶、帐篷等。但我很想替田地主人先抽他们一顿，因为对农民来说，没有什么比庄稼更需珍惜了。

于是我在他们身边停歇下来。

了解后得知，原来两个年轻人刚打完架。他们从宁波骑行而来，是同一所大学的室友。已经在路上长途骑行了三天，到了他们体力和耐性能忍受的极限，所以他们沿途想得最多的是如何放弃。浓重的烦躁和孩子式的性格很轻易就浮现在他们稚嫩的脸上，于是两个人经常一言不合就开打。

听说三天的时间里已经打过七次架。好在彼此都不记仇，总是三分钟热度，打完架继续同行。他们也不明白这样骑行下去到底有何意义。最初的出发只是纯粹出于好奇，可真正上路后，感觉像是上了贼船，连放弃或后退的路都没有。不但没有获得想象中的自由，反而给自己套上了一层枷锁。

我带上两个宁波学生，开始了群体行进。

但他们根本走不动，恨不得在每一个坡点都休息。特别是进安徽前，要翻越一段长达数十公里的上坡路段到山顶。很多人一听就想放弃，这两个宁波学生自不用说。

可我觉得，苦行是最能培养人内在自觉的方式。很多时候，我们都是被自己的想象和预设的困难所吓倒，是心志先打败了自己。

或许果断地面对我们所惧怕的事物，永远是解决问题最简单的方法。于是一狠心，向山顶出发。不过上坡路段还没走出多远，两个心志不牢固的宁波学生就选择了退缩掉队。

其实我也总会生出放弃的念头，甚至当汗水浸入了眼睛时，不断地心生怀疑，这场类似于肉体自囚的探索，真的能照亮我们的那颗心吗？

我不知道答案，只是向前走，勇敢地去感知世界赋予我们的一切。因为，我们是大地的诗人。

秘　密

他或许知道，冬日一过，

椿树会长出一种新的叶子，就叫春天。

我在孤寂中翻山越岭，看着车轮在陡峭的公路上吃力地滚动，突然想起自己此生拥有的第一辆自行车。那是一个秘密，遥远的。

时光要退回到很久以前，大概是我小学阶段。

当时那贫穷偏远的土家族山村还没有公路，也未通水电，是一个靠煤油灯照亮黑夜的原始村落。拥有一辆自行车、一台缝纫机和一个用干电池播放的双卡录音机，是富户人家的象征，更是新婚家庭的立家标准。每次看着乡镇上那些会骑自行车的同学，心里无比艳羡，同时滋生着一份妒忌和自卑。

所以，渴望拥有一辆自行车是我暗藏在心底很深处的秘密。

特别是看到和我一起长大的邻居小伙伴也会骑自行车时，心里那种渴望越来越强烈。那我从哪儿去弄一辆呢？当然，我知道父母不可能有钱买，甚至从来没有产生过这个奢望。

只能不断地厚着脸皮往邻居家跑，然后和小伙伴一起学着骑。记得那是一辆破旧不堪的老式自行车，永久牌，一推上路就吱吱嘎嘎响个不停，像随时要散架似的。听说是他哥哥用土豆种子从很远的地方换回来的。

每次骑它，我们都要先用铁锤、各种钉子修理一番，再用绳子加固整个车架才行。那时我每天放学后的唯一期望，就是趁天黑前跑到他家去学骑自行车。哪怕摔得鼻青脸肿，也从不声张。

因为有些时候，我并不能告诉任何人，我疼。

就这样，我在那条泥巴小路上悄然地学会了骑车。但我没有自己的自行车，即使是破旧的。

直到有一天，在邻居小伙伴的怂恿下，决定去姑妈家"借"。

姑妈家住在清江边，与我们所在的山顶村落相距一二十里山路。不过只要能拥有自己的自行车，我愿意付出一切。于是我沿着山坡，一口气跑到了他们家。

　　可是，真到了他们家，我却什么话也不敢说。难道需要偷回去吗？

　　姑妈家有三个儿子，也就是我的表哥，他们从小没上什么学，冒着极高的生命危险在一家煤矿厂挖煤，是白天也活在黑暗中的一群人。姑妈为了我这几个表哥能结婚成家，买了一辆自行车做家当。同样苦于没有公路，几个表哥只能将自行车扛回家，每天轮流在小小的稻场上骑着它转圈。那时我经常乐此不疲地抢着坐上后座，让他们轮流载我，在一圈一圈的转动中消磨着成长光阴。

　　我的确记不清最后是怎么开口"借"车的了，一直到现在，想起那件事还会脸红。那或许是我最勇敢的一次索取。

　　只记得表哥勉强将自行车从屋里推出来送给了我，因为他也明白，这样的"借"是个说辞。于是，我兴高采烈地扛着那辆自行车爬了一二十里陡峭的山路回家。穿过森林、草丛、田间、悬崖、沟壑、瀑布，一路兴奋着，忘掉了身体上的所有劳累。正是那辆历尽艰辛得来的自行车，后来承载了一个又一个年轻人的最初梦想。我堂弟、表弟、邻家小男孩们都是在那辆自行车上，拥有了属于他们的初次骑行体验。

以至于多年以后的青春期，我一个人在电影院看《十七岁的单车》那部电影时泪流满面。因为我们有着相同的底层成长情结，有着城市人永远无法知晓的隐形渴望，和对"拥有"的珍视。

实话说，那辆自行车至今还在山村老家里，只是当初怂恿我的那个儿时小伙伴，永久地离开了。

他早早辍学，十九岁时因偷盗摩托车被劳教，出来后跟随村里人去远方打隧洞、修铁路谋生。受尽人间冷落，最后选择在冰天雪地里吊死于一棵椿树上。

他没等到春天，所以只能在漫长的冬日里将一棵椿树作为最后归宿。他或许知道，冬日一过，椿树会长出一种新的叶子，就叫春天。

他的坟墓在我们当年学骑车的那条泥巴小路旁，已长满野草。现在那里成了一条村级公路，每次我回老家经过时，都会将车停下，然后给他烧一刀纸，并在坟头点上一根烟。也会时常在梦里见到他，以及当年一起骑车的那些场景。

我不敢想象，如果当年自己也和他一样辍学，不在十六岁时离开小山村去远方城市读书，我的未来会是什么样子，我的春天又在哪里。这一切，同样是暗藏很深而永远无法解开的秘密，永远的。

脚　印

站在群山之顶，你可以有360度的路线选择，

唯一的限制，只是你的想象力。

　　见心，见行，见未来。很多人酝酿一场苦行，尝试战胜自己，欲通过自行车在世界大地留下自己的脚印，用身体写诗。

　　我也一样，不知道在痛苦煎熬中向山顶爬行了多久，仿佛看不到希望。长达十公里的上坡让人窒息。半坡中，遇到一个来自金华318车队的老年骑行者，他不厌其烦地大声纠正我的骑行姿势：让我将座位调高，强调用脚尖踩踏板，要学会借力。他告诉我，骑行除了需要坚韧的心理意志外，还必须具备良好的技巧运用，是一场内在心理与外在智慧的双重考验。

　　爬行到最后时刻，身体像虚脱了一般。似乎是自行车将我拉了上去，而不是我骑着自行车。终于登上山顶关口时，紧绷着的意志一下子松塌了。一句诗写完。直接扔下车，它倒下，我也倒下。长久地瘫坐在地上粗声喘息，仿佛写了一首失语的诗。

　　假如未经历这一段艰苦爬行，我可能永远意识不到，其实赶路也是骑行很重要的一部分。通过赶路认知到自己心理和身体的极限。不让自己随意而为，不轻言放弃，不

将心与客体分开，只高度专注于目的，更是对自我耐性和
隐忍度最好的磨砺，是撑大心性的最好练习。

把心撑大，世界自然就大。司马懿曾在教导儿子习武
时说："为人者，有大度者成大器也。"

公路上源源不断地有一些后来者慢慢聚集在山顶，
他们都极其珍视被自己征服过的高山和道路。每个人都
贪婪地坐在山顶迟迟不愿离去，忘了时间，忘了还需前
行的路。

或许，当我们亲自用脚一步一步地踩过一条路、一
座山、一片土地时，对它们的认识会完全不一样，那是
坐在汽车上和写字楼里永远无法体会到的一种珍视。而
且这一切只能自己去体验，如同我们活着本身，没有人
能代替我们吃饭、呼吸、睡觉。

我也站在山顶最高处俯瞰自己走过的路，想起电影
《车轮不息》里的台词："站在这群山之顶，你可以有360
度的路线选择，这就是自由，唯一的限制，只是你的想象
力。我们总是用自行车来探索世界，一切都始于车轮上。"

山顶的一边，是我们曾亲历过的汗水和苦；山顶的另
一边，是美到极致的自然风景和未达的预知。对我们来
说，只拥有山的某一边是不够的。

一切都始于车轮上。

是的，我们都试图去探索前方、探索自己、探索天地。试图在每一处我们所能抵达的地方，留下一些证明自己活过的脚印。试图在山的另一边寻找一个诗意世界。越来越多的人被这样的初发心带领上路，尽管走得还不远，但心早已飘出了地理范畴。

　　那是永不停歇的对生命归宿的追求。

能让自己

平息的，

永远是觉醒

把歌声还给夜晚／把道路还给尽头

把果实还给种子／把飞翔还给天空

剩下的／让它们美好

从容地埋藏得更深／最后让这纷乱的一切

都单纯地低于生活

———声音碎片乐队《优美的低于生活》

面 孔

想让灵魂像风筝一样，

随时可以出窍飞向天空，又随时可以收回到身体里安住。

通过单车让灵魂出窍，并不需要太多的理由，仅仅是对大地的心诚。我们苦行在路上，探知一场关于生命的直视，跳出往日的常规来追问自己，寻求无我之境和新的面孔。

离开山顶，是一段超长距离的下坡。上坡的反面必然是下坡，黑暗的尽头是光明，苦难过后是享乐，这是自然与人生永恒不变的通则。

自行车在那段长下坡路段以极速飞驰。每个人酷得像颗流星，从一片绿色山林中划过。我保持着高度警醒的状态，头脑中不敢生出任何杂念，生怕摔下山谷。到达半山腰时忍不住又停下来，对着山脉和连接山脉之间的桥梁一阵狂拍。

桥下是我们正在走着的路，空空荡荡，宁静悠然。谁都不忍心去破坏大自然的寂静和野生动物们的安乐，一路没有人大声喊叫，包括歌唱。

山中有一条溪流湍湍而下，唱着自然之歌一直延伸到山脚。有人脱掉鞋子，像孩子似的跳到溪水中漂着，继而又爬上岸，躺在溪边的大石头上将身体晒干。我只是沉默地坐在溪边，听大自然低语。如果可以，我愿意将身体和灵魂都丢失在山里。

最终是身体上的饥饿逼着我们向前，离开溪流和山林。

骑到了皖南境内的竹铺乡，准备在那吃顿饭。对于那个偏远的小镇，我一无所知。街上的人都在剥着山核桃和卖茶叶。茶叶叫顶谷大方茶，外观扁平，叶片略大，颜色鲜绿。相传早在宋元年间，当地一个山顶上有座古庙，庙里住着一个叫大方的和尚，为了招待烧香拜佛的客人，他自己种植并炒制茶叶，大方茶由此而得名。

竹铺乡街上没有几家餐馆，我们挨家挨户寻了过去。那些本该淳朴的店主，一看我们是过路客，立马变了张面孔，贪婪地喊出一个超出我们想象的菜价。我们于是索性放弃，继续走。

群体行进时，我总是怀念独行的状态。

那样我可以任意到一个地方就盘踞在路边的石头上，拿出纸片记录一些东西。也可以任意在一座桥下发呆、静坐或听音乐。有时，我不喜欢说话，也不喜欢听别人说话。想让灵魂像风筝一样，随时可以飞向天空，又随时可以收回身体里安住。

只是，我始终在寻找那根可以控制它的线。

从竹铺乡出发以后，我一直心猿意马，飘于公路之外。双腿麻木地踩着，路过一个又一个村落。

我始终掉在离别人几百米的地方，保持着一份刻意的独立。

没多久，到达了另一个小镇。狭窄的街道上挤满了人、狗、三轮车、箩筐和麻袋。无论如何我们必须给身体补充一些能量。

待填平身体里的饥饿感后，我们穿过小镇街道，发现尽头是一个三岔路：除了我们来时的街道，一边是坦途，一边是崎岖小路。我们毅然选择了冒险，走小路。

对我来说，顺应大众走过的路虽然安全，但没有新鲜感。圣严法师也曾说过："当大家都在盲目地争夺之时，你最好选择另外一条路走。"因为处在拥挤的道路和嘈杂的群体中，很容易失去主见。细观生活中的那些成功者，他们往往是热衷于独木桥并远离群体意识的人。他们有着与大众不一样的生活面孔。

骑行同样如此。当大家都挤在同一条路上，更像一场公路表演赛，而非对大自然的个体亲近和孤独体验。

深入那条偏僻的乡间小路后，我开始庆幸自己的选择。一路都是置身于山水画中的感觉。隐藏在远处的徽派村庄，催生出一种可望不可即的神秘感，仿佛召唤着一个游子的出尘或归隐。山坡上的羊群，偶尔会跑到溪流中喝水，与人保持着特有的共存关系。穿行其间的我们，像是换了张面孔，回到了无忧而纯白的童年。不知是谁，在半路突然高歌起来，声音划破了村庄的宁静。

我们真的找到了通往快乐的蹊径吗？

心 灯

那一刻，自己好像成了真正的盲人。

只在心里给自己安了一盏灯。

刚与大道汇合没多久，一辆大货车狂按着喇叭从我身边驶过。车厢里放着两辆自行车，随即看到两个熟悉的身影用力地向我挥手——是那两个宁波学生。他们终于搭上了顺风车，这是他们一直在计划着的一场退缩。

经历了前面乡间小道的美景洗礼后，我暂时关闭了向外窥探的欲望之门，专注于向前赶路。直到抵达至今已有2200多年历史的徽州文化发祥地歙县，才放松下来休息。歙县地处皖南山区，属于中亚热带与北亚热带气候，境内河溪纵横，森林茂密，生物多样，自然环境十分优美。

宋代活字印刷术的发明者毕　就是歙县人。据悉，"歙"字的另外一读法"xī"，意为吸气，指生命的起源，又指古山越人的发源地。古山越人说话被称为鸟语，他们以金乌为图腾，在我国古文化中，金乌是太阳之神。因此，歙县在我心里多了一份美好意象和光明符号，像一盏无形的心灯。我开始喜欢上这个名字，如同我一直喜欢"仰光"这个城市名。

天黑前，我不知道从哪来的力量，独自一人疯狂地朝前骑去。

就在这种以最大极限的速度前进的过程中，我发现，一旦自己对某件事情变得专注起来，那种力量和潜能会变得无穷大。哪怕自己一直认为早已耗尽的东西，仍然会有惊人的余留。

骑到屯溪后，我告诉自己必须停下来结束这一天，再也没有力气走了。由于正好赶上旅游黄金季节，沿街找了将近两个小时，还是无法找到一个安身的住处。

满身的疲累和饥饿导致我对屯溪产生了一种极端抵触情绪，我想离开这儿。这种情绪促使我在早已无体力的情况下，于午夜十二点提着两瓶啤酒，又一鼓作气地摸黑骑了两个小时。

一路上，我偶尔通过前方闪烁着的一个红色尾灯，感受着暗夜里还有一个灵魂与自己同行。那是音乐，是意志，是啤酒，是苏深。

次日躺在无名地点、无名旅馆的床上，直到大中午才懒散地醒来。我不想再紧张地赶路。随着路途的增加，我似乎忘记了因什么而出发。当初的信步由之，不知从何时起变成了一场疯狂的赶路。

退房出旅馆，正午的阳光直直地洒在脸上，我有些想躲避太阳。

又一次和苏深同步出发，我们决定一路悠闲地北上，不再计划时间。途中经过几个铁路口，果断地扔下自行车跑了上去，无休止地蹲在那里拍铁轨和火车。我是一个很迷恋铁路的人，同时喜欢听脚踩在那些碎石上的声音。

大概又走了 15 公里，到达了一个道教名山。山脚下，看到一对因自行车爆胎而只能推行的父女。苏深主动跑去帮他们修车，并拿出自己的备胎送给他们。

然后我们走上了一条捷径。那条捷径是一条坑洼不平、破烂不堪的乡村公路，并且到处都是推土机和铲车修路的轰鸣声。很多时候不仅没办法骑行，还得扛着自行车向前。途中若干次，我都想扔下自行车一走了之，或是埋怨自己怎么选择了这样一条烂路。苏深的车在那路上没走出多远，就被颠坏了。我们不得不停在灰尘扑面的路边，拿出各种工具当修理工。那是三天骑行以来我最烦躁的时刻，但我必须修炼自己的忍耐之心。

它让我明白，世界上并没有真正意义上的捷径可走。在距离上偷懒，意味着其他方面会有更多的付出。

花了整整三个小时，我们才逃出那条烂路。路的尽头，大自然不出意外地给了我们另一种极致的美境，以抚慰我们受伤的心。我们就在那条宁静的公路上吹风，看天空，听音乐。直到太阳快落山时，才恋恋不舍地收拾起行囊继续行走。

随即到达了古村落西递。那里太热闹了，我想要的，却恰恰是远离热闹。我们都不是追逐景区的游客，我们追逐的，是去游历自己的身心。于是没做任何停留，继续上路。

大地或许才是我们该回归的根本。

在公路上，当我们独自面对自行车时，可以更专注地去聆听自己的呼吸和心跳，了解自己的习性，调节内心的焦躁。那时，我们只是世界的旁观者或过路者，只为自己而活。

不知不觉，我们又将自己置身于黑夜中了。但我们依然决定一鼓作气骑到宏村，彻底完成这段苦行。

那里的乡村公路没有路灯，漆黑一片，我们也不知道期待的光明何时会出现。

苏深在自行车前加装了一个小警示灯闪烁着，骑在我的前面。他说："你就跟着我的影子走。"

事实上，我什么都看不见。

唯一能做的，就是让自己彻底冷静下来，凭借自行车前轮接触地面的声音和经验来摸索着盲骑。那一刻，自己好像成了真正的盲人。只在心里安了一盏灯。依靠潜意识的心路指示，再凭着感知顺着这条路前行。遇上弯道，我就常常因为太过依赖某种已熟谙的经验而摔倒。

最后离终点短短十公里的路程，我们花了将近三个小时才完成。原本以为最简单的东西，却成了最漫长的征服。我需要继续点燃心灯，让它将我从无尽的黑暗中拉出来。

其实，当我睁开眼睛的那一刻，光明就存在了。

闪　耀

我每天都在重复着昨天，

又每天都在寻找新鲜的经历和性格。

临近午夜，到达了皖南最具代表性的古村落，被誉为"画中的村庄"的宏村。我们停下了，它成了我们本次骑行的终点。

我说过，我并不是真的盼望着一个具体的终结点，而是重新定义自己的耐性，始终保持心里那份向前走的渴望。就像有些时候，我会因为一家书店、一场展览、一次演出而奔波几个城市，又或是为了一条好看的河流而爬上几座山峰。我想寻取的，不过是一种精神意义上的通道。

进村后，我和苏深选择了住不同的地方。离开骑行，我们的生活不再那么有同质性。村里的巷子像迷宫，每一条路都似曾相识，很容易让人迷失其中，又或是转来转去回到原地。

我决定暂时在村落休整几天。在那几天时间里，我每天都在重复着昨天，又每天都在寻找新鲜的经历和性格，深刻地感受着身处热闹而不被传染的疏离感。

清楚地记得，有一天清晨我被旅店窗外飘来的音乐声和阳光唤醒。那是在宏村之外的一个无名村庄，旅店主人是个摇滚青年，一清早从"感恩而死"放到了"地下丝绒"，又从"电台司令"（Radiohead）放到了窦唯。所有的都曾是我无比熟悉的声音。

就在头天晚上，我还在某餐馆里结识了《南方周末》的一个女记者，细聊之下发现她办公室的邻桌是我武汉时期的兄弟。世界就是这么小，无论我们逃到哪，其实都在同一片天空下。

结束骑行，我将自行车带到黟县打包托运，自己直接坐大巴返回杭州。

大巴在高速上飞奔，我将头转向窗外，看到了被我们征服过的那条公路。我发现，那些路途、山脉、天空一直都没有变，还是原来的样子，而我的心呢？

一段骑行的结束，意味着另一段的开始。我决定去选购一辆更好的山地车……因为它能让我的灵魂保持鲜活、跳动，它能赋予我动态的生命，在无限广阔的大地上寻找着一种自我闪耀的方式。

虽然一直到今天，我也始终无法回答那个问题："你们这样骑行有什么意义吗？"

我不知道。

正如《达摩流浪者》里说的："沿着这条路一直朝前走，在不远的地方就有一个路口，你可以向左转也可以朝前走，但是你不能停留。"

公路延伸到一代又一代人的生活场所，车轮不息，而鲜活生命的轮回，也永无止境。我们对未来的恐惧，来源于自身的浅显认知。那些河水、溪流、时间、生命都在向前流动，它们也不能停留。至于意义，没人知道。

和苏深分别的那个晚上，他又一次喝了很多啤酒。

每当这样的时刻，他总是一个很真诚、毫不隐藏自己的人。我也是那天晚上才知道，他沿途所做的一切记录，并不是为了给全单位的人洗心，那只是一套说辞。实际上他是想将那些记录剪成一个短纪录片，去他爷爷的坟头放给他看。因为他爷爷曾在自行车制造厂当了一辈子工人，最大的愿望就是骑着自己亲手制造的自行车去外面看看，可最终没能实现。他将一辈子时光都埋进了生存，埋进了养活他们全家，直到走进坟墓，才发现还没有为梦想迈出半步。

即便在我们看来，那是一个如此微小而简单的梦想。

我想起新疆作家刘亮程在书里写过的一段话："落在一个人一生中的雪，我们不能全部看见。每个人都在自己的生命中，孤独地过冬。"

我们不是真正的精神流浪者，还不能彻底放下世俗实相，依然要在生活这条隧道中经历漫长的爬行。

苏深回到了上海，我们再也没有联系。我知道，他又重新回归到他熟识的生活轨迹和城市身份。也许，真的只有在路上和骑行中，我们抛弃掉各自现实中的面具和名片，才能同行。但人终究要回到他们惯常的生活中去，所以，他从那段时光中彻底消失了。不知道在未来的某一段骑行中，我们是否还能偶然遇见。也不知道在他六十岁翻看那些相片时，是否真的会充满敬畏和感动。

艺术家朋友同样回到了杭州，那场爱情最终一拍两散。他从那场追逐中抽身，开始了新的期待。

我不由思索着梵乐希的发问："你终于闪耀着了么？我旅途的终点。"

最初，本想将这篇文字写成一个严谨些的追寻故事。后来觉得太过刻意，于是彻底抛弃了故事结构和写作理论，纯粹随性地、零散地记录所知所感。如同凯鲁亚克的"自动散文写作法"或"爵士乐写作法"，只是一种思维的即兴流动。或许这样，它更贴近我们正在向前的生活，随机而自然。

和在路上一样，我喜欢这样的随性而为，信步由之。

本来怀着欢喜的心情，可在我记述这些片段的时候，得知了一个让人悲伤的消息。曾陪我同行的那个舟山骑行者，于最近一次尼泊尔山地骑行赛中，坠下悬崖，永久地失去了他年轻的生命。

在迈向死亡的路途上，他一个人身处异地，用身体践行着自己的哲学。他带着他的山地车一起离开了。大地的诗人，用身体写完最后一首诗，离开了。

我还记得他的相貌、他的梦想、他那热情的笑容，以及他微信上那句耀眼的个性签名："生命就是一场归于宁息的漫行。"瞬间想起了电影里的那些镜头、那些画面，生活怎么总在重复着电影？

地球还如昨日一样运动，宁静的时间包容着世界上的一切生命。

我依然习惯一个人上路，寻找独立、智慧和自由。像呼吸一样，跟随自己的节奏。在路上让那颗疲惫不堪的心，掉落在身后，以获得某种解放。活在时间之外，横跨过去、现在、未来，时刻与世间万物沟通。

　　生命，就是一场归于宁息的漫行。

　　走在大地上时，有着宗教信徒般的热忱和向往。这，是我的一条解脱之道，也是我继续前行的光亮。能让自己平息的，永远是觉醒。

　　　　　　　　　　　　　　2019 年于西塘古镇重新修订

只想找个精神出口

自由笔记：我有两个生命，一个活在喧嚣的俗世中，一个活在寂静的灵魂里。当我亲历四方的时候，心里默念着的始终是如何摆脱内在忧郁和唤醒新的生命活力。脚印不过是证明自己扬起了一场灰尘，那不是本质。追寻、流浪，让精神漂泊在大地，是为了看到能点亮生命的那束醒悟之光。

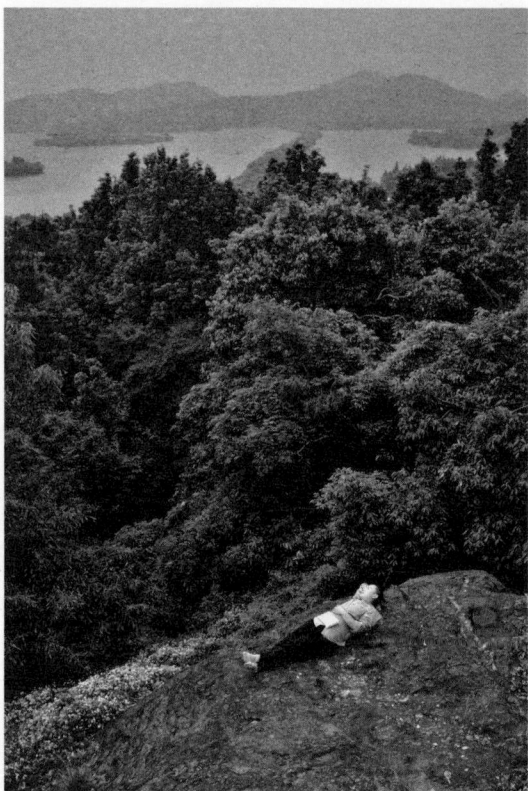

柏拉图曾说："许多伟大真知灼见的获得，往往正是处在闲暇之时。"

闲暇，就是人生境界中的留白。

生命内斗，
我的孤独
战胜了庸俗

一个人应学会更多地发现和观察自己心灵深处那一闪即过的火花，而不只限于仰观诗人、圣者领空里的光芒。可惜的是，人总不留意自己的思想，不知不觉就把它抛弃了，仅仅因为那是属于他自己的。

——爱默生

1

房间窗台上有两只蚂蚁在打架，抑或在亲近。它们是如何跑到这繁华都市来的？我用笔尖轻轻地将它们分开，然后关注着它们的下一步行动。

童年时期我也经常做这种无聊之事。那时，我常被父母丢在田间玩耍，于是就独自坐在大石头边或某棵树下，观察身体周围的一小块土地。一旦发现有偶尔闯入的蚂蚁，我会果断捡起一截儿树枝，将蚂蚁划成两段。虽然那样的行为很无知，但我发现，有些蚂蚁有两个生命。即使树枝划断了它的头，它用残留下的另一段身体依然能继续爬行。只不过这两个生命可能处于麻木的平行状态。

　　其实，我也有两个生命。

　　一个活在喧嚣的俗世中，一个活在寂静的灵魂里。它们梦呓着，矛盾着，和谐着，又复而宁息着。偶尔，我分不清自己到底属于哪一个。比如，我时常有着远离城市的田园理想，却又花了十几年的努力拼搏只为扎根繁华都市。一边渴望回归简朴生活，一边又不舍得抛弃都市里的所拥之物，甚至迷恋都市带来的物质便利。

　　人，终究做不到那么极端和彻底。只能在某一个相对固定的时间定义里，看两个生命谁生长得更旺盛，然后短暂地跟随胜利者，听从它的旨意。这似乎正应和了德国哲学家叔本华所说的：人，要么庸俗；要么孤独。

　　而我时常在两者之间摇摆，没有中立时刻。仿佛契合着那条物理定律：两物不能同时并存于同一空间。庆幸的是，那颗心总会在有意识之中奔向两边，从未停止。我热爱热闹，也热爱安静；我喜欢独处，也偶尔享受群欢，它们都能给生命带来火花。

2

将一个人置在自由的追寻中遐想，是最理想的让内部生命斗争的方式。犹如给它们设立一个跑道，看谁能冲破最终的防线，又或者谁提前倒下。

那是 2014 年秋天的事。一趟随心所欲的自由追寻，敞开身体的大门，让精神漂泊在大地上，生根。

此刻我独自坐在房间靠窗的位置，看着远处江边散步的人群和晚归靠岸的船只来记述这些文字，内心的汹涌早已不在，甚至格外平静，如同我背回的那些尼泊尔音乐，永远清澈而宁静。实际上那趟散漫的自由流浪——穿越荒芜的中国西部大地和贫瘠的尼泊尔内陆，已过去很长时间了。我已经忘记了当初是什么原因促使自己走进那些地方、那些山脉、那些人群的，只记得，那是一片可以触及心灵净土的朝圣之地。

总之，经历了各种后，人总会在心理上有一些细微变化。再不愿声张各种口号式的出行理由，同时对世界失去了更多的新奇之心。不是吗？无论走到哪里，太阳始终是同一个。

那是我再也找不回来的青春。

但我还是不由自主地心生感激，为那颗流浪的心，为自己的年轻，为沿途的相遇，为精神的力量，为融化到生命里的每一个感受。我用了十七天时间踏过大西部土地抵达拉萨，又花了十四天慢走尼泊尔，这一切正是源于内在的某个生命战胜了另一个吧。或许在不定期的新出发中，可以清洗掉现实生活里的庸俗之心，填满精神虚洞。

3

被称为"韩国梭罗"的法顶禅师在《活在时间之外》里写道："偶尔，我会有从人间蒸发、消失在某个地方的冲动。因为我很想摆脱日复一日的相似生活，摆脱呆板、无聊而烦琐的日常生活。当重新开始人生的愿望在内心深处沸腾的时候，我就会想要像风一样突然离去。然而每当这时，我都想不出合适的地方，因为我总是容易陷入惰性的泥潭。"

出发，是我们大多数人此生最容易起心、又最难于决定的事。大部分人死于念想或幻想之中，没有结果。但我只想让这一切变得简单。

走，随心所欲便是了。带着我的笔记本、帐篷、书籍。难道从出生时就附属于身体的双脚还不能由我们自由支配吗？这是一件无须依赖他人便能独立完成的事，是成本最低的精神独居。忙碌，成了人们拒绝出发的理由，对于这类人，休闲也不会成为他们自由的必然词。

人都习惯不断地给自己选定各种目的地，旅途上如此，生命上如此，欲望上也如此。没有人能预知未来。寺院的僧人们在吃过斋后，都会自觉地将自己的碗筷反扣在桌面上，因为他们不知道下一顿时自己还能否出现。这是启示我们，不要预测明天，因为明天万事无常。

当然，这或许是生活在"孤独"之中的人们的理想愿景，对于生活在"庸俗"之中的人们来说，要达到这层心境太难，毕竟心的杂染已不是一朝一夕。我们不可能像抹桌子上的灰尘一样，将心尘一瞬抹净。但毫无疑问的是，所有伟大而优秀的灵魂都产于孤独之中。

4

现实生活中我行我素惯了，一切随性而为，尽量让自己的心境停留在庸俗之外，包括这次流浪之行的文字记述。如今三四年过去了，作为一个写作者却没有写出半个字，只因一直没有那个内心之愿和表达冲动，加之现在网络上各种背包客、朝圣者、文艺青年们关于满世界行走的文字泛滥，让我有种莫名的心理疲倦和抵触。

总觉得好的文字没有那么容易生长。

它不应是一场封闭的、流水账式的自我记录，而是深深地烙印在心脏上的体悟。其次，从内心来讲，我已经没了凡事想用文字来刷存在感的愿望，懒得再去做一些限于形式感的行为，也不舍得分享属于私有的时刻。并且大部分人只是凑个热闹，又有几个人能真的从心灵上感同身受？所以当我独自涉足过世界上很多地方之后，依然沉默着没有表达。还去过国内很多偏远闭塞的少数民族地区和江南古镇，拍摄人文纪录片、寻找传统工艺、收集他们的音乐、探访古书院文化等，除了背回人们的质朴和热情以外，各啬于任何游记式的表达。

　　有些东西只需留在自己的精神田园里。

　　自私地认为，平白无谓的表达，只会致使灵感流逝，而灵感是作为一个创作者更珍惜的东西。在宇宙大地上穿梭，用身体来感知，头脑和杂念停止之处，才能真正地融进灵魂里。每一次涉世归来，都能感受到心理上的一点点变化，它们正让我变得更好。现在我的车里总会放着一张尼泊尔田野唱片，每当我走在城市道路上，都会在这些声音中平息心里的杂念和波澜。

　　我明白，所有的经历，其实早已内化到了自己每一刻所展现的生活哲学和审美趣味之中，正所谓一言一行里有书、有气质、有阅历、有眼界、有包容度……这一切是根本不需要依靠任何文字来矗立的存在感。凡是还停留在喜欢寻找存在感层面的人，基本上都埋进了庸俗里。

那文字表达就无意义吗？也不是的。

特别是对于像我这种从某种程度上来说，有着陌生社交被动症、拙于言谈又敏感于他人感受的人士，只有在私人化的写作中，才能建构一个属于自己的舞台，展开一场关于自身位置的清醒反思，梳理自己的精神路途。然后与隐藏在日常生活中的那个胆怯、自卑、散漫，还偶尔会被无意义感和消极感灌满全身的自我对话，坦露灵魂之诚。

正是在这样完全属于自己的私密时刻，我体会着外在道路上的全部欢笑与热泪，以及内在道路上的感知与成长。因此，我决定记述这场回忆，可能只是一些零散的思绪碎片。不求虚构的完整，不求个人存在感，只求通过它来摆脱内在忧郁，唤醒新的生命活力，给无聊的现实生活寻找一点安慰。至少这是此刻写作赋予我的意义，是其他事物替代不了的意义。

5

幸好那些远去的在路上的记忆并没有完全消失，反而在经过时间淘洗后更清晰地涌现。很好，我想记录的，恰恰是需要经过时间沉淀后的东西。因为思想不受时间控制，灵魂不受时间控制，音乐不受时间控制，光源不受时间控制，让人敬畏的大自然更不受时间控制。亘古不变中，孕育着存在之本。能在时间里埋没的，依然只是庸俗之物。

此时我将头转向房间窗外，天色已暗。一条延伸到很远的马路上，闪烁着两排昏黄的路灯，仔细观察，发现每盏路灯的光亮似乎都不一样。我突然意识到，我们每个人的灵魂光亮是否也不尽相同？我们能感受到的漆黑是否也不一样？

虽然走过祖国西部大地的人很多，但每个人都是一个独立的灵魂，感受必有不同。哪怕我们呼出同一口气，写出同一个文字，也必定是一种独特的存在。老天给了我们一份巨大的礼物，它叫人生。拥有人生，让我时常从心底深处升起一种幸福感，一种身为一个有灵魂之物的幸福感，一种能体会大地上所有喜怒哀乐的幸福感。

所以我至今没有彻底的出离心，也很难做一个真正意义上的出世者。于入世之中，漫步、流浪、写作、静默、画画、听音乐、喝茶、种地、创造等，本质上都是一种出世，是试图让孤独战胜庸俗的行为。

当然，无论我的两个生命里哪个占优，它们都是鲜活而真实的存在，我都将张开双臂去拥抱它们。然后忠于内心地去生活，同时宽阔地去热爱万物，感受每一个欢喜又忧伤的时刻。

做一个孤独的漫步者。但是谁又真正地甘心孤独？因此，在孤独和庸俗之间摇摆，或许是一种最能平衡生活的入世智慧。

去流浪吧，

世界到处是

精神食粮

我在黄昏的血色中踽踽独行，感到自己不过是这个

忧郁的黄昏大地上，一粒微不足道的尘埃。

——杰克·凯鲁亚克

1

父母从一辈子的耕种经验里得知，种在西山上的土豆好吃，因为太阳总是在西边落下，给予的光照不同。这似乎启示了我，中国的大西部之所以神圣又好玩，是因为那片土地返照给人类的光芒不同。

多年来，我的背包里随时放着出行的物品。我始终相信，世界到处都有自己想要的精神食粮。

时间倒回到 2014 年七月。七月一直是个文艺的季节，它火热，它忧伤，它绝情，它充满离别，它是很多大学生青春的拐点。我在七月从杭州出发，选择了再次西进，穿越中国大西部那块铺满精神象征的大地。

之所以说是再次，除了前面一次从杭州晃悠到云南边境，又去了缅甸之外，更早些年的一个七月，似乎还是大学时期，为了追随并致敬于凯鲁亚克横穿美国大地的伟大青春壮举，我和一位弹吉他的朋友曾尝试横跨中国东西部。记得那次是从北京出发的，沿途经过大同、忻州、太原、西安、呼和浩特、包头、兰州、西宁、张掖、敦煌、哈密、吐鲁番、乌鲁木齐，最后抵达新疆阿克苏地区。

当然在那个穷得只有土豆吃的青春期，我没有汽车，买不起摩托，无法做到像"垮掉的一代"那么浪荡，只能一站一站地坐火车硬座去。有时车厢里拥挤得上一趟厕所回来就再难找到自己的座位，只能垫张报纸蜷缩在过道；有时一整节车厢空得只有两三个孤独的人，当火车于漆黑中奔过草原时，人可以将腿翘得比天高，然后横跨三个座位任意睡觉，甚至还恨不得反过一张座椅来当铺盖，遮住凉飕飕的身体。

不过那时期的所有出行都纯属追逐新鲜。除了满身疲惫，基本一无所获，最后又坐五十九个小时的硬座从新疆落魄而归。艳遇幻想和纵欲愿望没有实现，倒是啤酒和方便面浪费了无数箱。

跳出那段时间，若干年后的现在再回味，发现一切很美。如同凯鲁亚克自己在《在路上》里说的一样："世界旅行不像它看上去的那么美好，只是在你从所有炎热和狼狈中归来之后，你忘记了所受的折磨，回忆着看见过的不可思议的景色，它才是美好的。"

真的，在属于青春的年纪，即使一场失败的经历也很美。反正青春是空窗，何不跟我去流浪？

2

想踏足中国大西部，得先抵达成都。一念之间，我就又一次在秋天出发了，背着简单的行囊。

火车穿过浙皖赣的低矮山谷、平原，再如飞梭经过鄂西南的深山野岭和夜色中的重庆，于深夜到达成都西站。在火车上，我基本上一路听着音乐睡觉，置身一切事外。只有在路过鄂西南那些山区时，我才精神抖擞地直视着窗外。那是我生长的地方，光闻土地的味道我就知道哪里是家乡，每一寸泥土里都有我的汗水和成长的气息，甚至看到某个山腰上的白色羊群我都能想到自己砍柴割猪草的童年。

走出车站很远，搭上一辆开往武侯区某青年旅舍的出租车。街道上霓虹闪烁，我将脸贴在车窗玻璃上，努力搜寻关于这个城市的印象。并试图将这些印象与这个城市曾出现过的乐队、音乐、声音、人物关联起来。对于一座城市而言，音乐往往最能体现它的性格与气质。

　　我知道，每个城市都有一些这样的声音代表。像武汉有《荒漠旅行》，南京有《南京地下音乐记录》，重庆有《地下重庆》，西安有《西安独立音乐合辑》，等等。成都作为地下音乐一个重要的根据地，当然不会例外，曾经涌现了非常多的优秀音乐人。多年前我买过一张《地下成都》唱片，同时很早就知道了小酒馆、虞志勇、声音玩具、阿修罗、另外两位同志、童党、变色蝴蝶等具有代表性的成都音乐标签。而且我与声音玩具、阿修罗等乐队还有过一次偶遇，大约是2007年在内蒙古葛根达哈草原音乐节结束后，我们在呼市坐上了同一趟列车。

　　那时，我是一个狂热的摇滚小青年，全国哪里有音乐节就奔赴哪里，只为触摸梦想。像个流浪者一样，疯狂地去满世界寻找精神食粮来填饱自己。正是从那时期开始，我一直扩张着自己的求知欲。

3

青年旅舍到处是准备结伴而行的背包客，以及拉客拼车的越野车司机。沉默的人、孤单的人、没有计划的人、对异性充满渴望的人，都能在那里找到同类。

我没准备和他们同行。那大部分是一些混乱的面孔，缺少有趣的灵魂。而且他们都是单纯的沿川藏公路行进，我不一定，可能随时会穿行到大西部的任何地方、任何线路、任何土地，只要最终能通往拉萨，抵达尼泊尔。

也是在成都的青旅我才知道，骑行或徒步进藏的人，绝大部分是从四川雅安开始。成都出去都是高速，没意义。

次日，我坐上了一辆在车顶堆满骑行者们的自行车和背包的大巴车。到了雅安车站，一下车，烈日直射得我根本找不着方向，整个皮肤像被烧烤着一般难受。不过既然要走大西部，那就不要顾忌皮肤的黑或白了，一切都是徒劳。

我迅速在车站附近找了家小餐馆，炒了一个土豆片，就着一瓶啤酒充饥。一是为了躲太阳，二是等着某个背包客出现，问路。因为此前我完全没准备，不知道到底应该往哪个方向走。看来想流浪大地，也不能完全漫无目的。毕竟生命中的绝大部分时间，我们都必须且只能依靠自己去独立完成。

我在心里暗下决心，每天以徒步为主，只有在天黑前不能确保赶到下一站住宿地时，才搭车前往。因为那些线路上大部分地区荒无人烟，高海拔地带又天寒地冻，不按固定计划行走，将无处落脚。万一天黑时走在两站的中间点，前不着村后不着店，手机又发不出求救信号，那将十分危险，甚至有可能丢失性命。这绝不是危言耸听，由于这类原因出事的案例并不少，并且还有女孩因擅自跑去藏族同胞家上厕所被狗咬死。

　　所以那些青旅店主每晚都会将所有即将出发的旅行者集合起来，统一讲解并强调在路上的安全常识，同时预报到下一站的路况。那片土地上天气变幻莫测，暴雨、塌方、泥石流、封路等随时可能出现，没人能预知下一刻会发生什么。稍有些新闻记忆的人应该还有印象，当年进藏线上的一次大型泥石流埋没了多少鲜活的生命，而发生那起泥石流的前几天，我刚从那个事发路段经过。回头想想，能活着就很幸福了。

　　流浪，就是做好遇见任何可能性的准备。

4

　　小左是我在雅安车站问路时认识的。他是个日本人，但出生在中国东北，若他自己不刻意强调，没人会知道他来自国外。可他见每个人都要诚实地说一遍。

他外表内向，穿一件军绿色的衬衫，背着一个比他身体还高出半个头的帆布包，外挂一串大得出奇的檀香木佛珠。走路时习惯性地戴着耳机沉浸于自己的世界，偶尔拿出一张大大的地图站在马路上东张西望。他说自己被稻城亚丁的圣洁所吸引，觉得此生必去一次，于是决定来一趟朝圣之旅。

在他的带领下，我们七弯八拐，穿过一些小巷和山坡，躲过拖拉机和狗，到达了翻越大西部的第一个大本营——东升竹庄。这都是小左提前认真做攻略的结果。那是半山腰一排绿色房子搭建的一个背包客俱乐部，里面挤满了来自世界各地的行者和旅人。

他们在那里相识，结伴，发生故事。

于是我们就在那里住下了。一个简易的房间里放满了各种木头床，每人一个床位，价格低廉。对于经常穷游的人来说，这样的场景再熟悉不过，彼此不用过多的心理防备。反正除了身体，别人还能偷去啥？我的思想别人偷不走，我的灵动别人偷不走，我的物品价值为零，任由他们随便拿吧。何况去那里的，大部分都是具有同类价值观的人。

吃过晚饭，竹庄老板让每个次日要出发的人记录下他的联系方式，以备在路上发生紧急情况时请求救援之用；

并根据骑行、搭车、徒步等出行方式对人员做一些合理的搭配或自愿组合，以便一路相互照应。比如单独一个女孩上路搭车最方便，但不安全，就给她安排一两个同伴；又比如两三个男的一起搭车肯定没司机敢停，得安排一个女性同伴等。

最理想的搭配当然是一男一女。他们都不建议独行。

但我觉得，真正的独行，其实是指在人群中可以随时让生命躲进自造的宁谧里，独自一人时又不携带过去的自己，不携带旧我习性并摆脱自我，而不是指孤立于人群和荒漠之中。否则，那叫孤行。

次日天还没完全亮，竹庄老板就开着他那辆快要散架的破货车，轮流将所有人拉下山，放逐到公路上去流浪。

其他的路途，得由他们自己去决定。

我是第三批被拉下山放逐的，瞬间感觉自己像一个被丢在流放地的人。不过，大胆地去吧，世界等着我们去消化。当然，我们是幸运的，听说现在进藏的公路无论是南线还是北线，几座最高海拔的山脉都已用隧道直接贯通。虽然从交通角度解除了困扰几代人的难题，绕开了那些难于征服的高山、险境、沟壑，可同时也削去了它本身的魅力和不可预知性，更失去了它最迷人的自然神性。

或许，下次我们踏上的西部公路都将是一条条平坦的高速公路，犹如一条早已被规划好而毫无波澜的人生之路。走在这样的路途上面，又有什么魅力呢？就像知道了自己什么时候会笑、什么时候会哭、什么时候会闹、什么时候会死……

人，之所以为人，是因为他时时刻刻都需要情绪的参与。心永远在漂泊中，并无时不对下一刻充满希望或期待。只有一种表情的，那是佛，是树木，或石头。

5

耳机里放着崔健的《新长征路上的摇滚》，每当那句"埋着头／向前走／寻找我自己"出现时，心里忍不住跟着怒吼一声。

我埋着头，一直走，一直走。试图不想任何的终点，只是走。也试图将身体里的所有情绪关闭，只是走。但哪个才是自己？

路上一群蚂蚁在搬家，动物常常是天气变化的先知。透过蚂蚁的行为，我知道要下暴雨了，这是小时候父母教给我的常识。果然，没隔多久就开始乌云密布，狂风暴雨。我只能在一场苦行中去赞美世界，忍受，沉默，坦然。

小左始终和我保持着几百米的距离，各不干扰，各不进入对方的思维世界。弥漫着一种人与人之间无声的尊重。后来我发现小左其实非常自律，像行禅一般坚持走路，即使有自驾者主动停下来要带他，他也谢绝。这说明他是一个内心有标准和根植有自觉的人，难怪他会因一个地方的圣洁而奔赴。

纯粹地走路不现实。每天定点地赶赴下一站，以确保自己不落在荒漠地带，所以我每天差不多上午走路下午搭车。但一个现实情况却是，自驾者们基本都是清早出发，如果等到下午再搭车，路上车会非常少，很难搭到。一点也不像汪峰唱的那么诗意："我打算在黄昏时候出发／搭一辆车去远方。"

走在路上，我时常在自己的节奏里变成一个厌世者，发出何勇《垃圾场》般的疑惑："我们生活的这个世界／就像一个垃圾场／只要你活着／你就不能停止幻想／有人减肥／有人饿死没粮……有没有希望／有没有希望／有没有希望……"

这是一个朋克青年对世界的拷问。而哲学家却是另一种说法，他们将无聊的人生视作人类的伟大，比如周国平说："在一个沉默的世界上无望地呼唤，在一片无神的荒原上孤独地跋涉，方显出人的伟大。"但我意识到，人活着本身就是一种伟大。只要活着，就得思考，就得跋涉，就得追逐，就得孤独，就得产生物质，就得幻想心目中的圣地……就得永无止息。

所以，去流浪吧，反正世界到处都是精神食粮，让我们在大地上证明自己活着，这是作为一个有灵魂之物的责任和伟大。

伟大的歌者，
能唱出
我们的沉默

圣人因沉默而成长，主的教诲因沉默而停留在他们心中。在沉默中，他们获悉主的神秘。

——托马斯·梅顿

1

我以沉默的方式写作、生活。即使已经几年过去了，现在回忆起那趟西部大地上的自由流浪，心里还是满满的疲惫。无关身体，而是那种心理上的躲闪。

当然，如果还有机会，我依然会义无反顾地再次奔赴那里。只是下次，会选择摩托出行，并带着一种享乐主义哲学观。会像散步一样出行，而不是每一次出发都像是在焦急地跑步。

我不想再游记式地讲述在路上的每个细节，也无力再去翻阅一遍。因为脚印踩下的，无论是欢乐、痛苦、失望、震撼、自卑、负气、虔诚、忧郁等内心情绪，还是山河、冰川、净土、森林、湖泊、荒原等自然景观，以及纯朴的信仰、异域的文化、无私的热情、美好的相遇、圣洁的灵魂等，都已永恒般地烙刻进我的血液里。

那是无法用语言诉说的感知。

是的，通过流浪在路上进行一场关于自身缺陷的探知与审视，它们让我变得沉默。黎巴嫩诗人纪伯伦说："伟大的歌者是能唱出我们的沉默的人。"大地就是最伟大的歌者，让我们一起来记录、聆听那些沉默的时刻吧，用沉默洗净灵魂。我喜欢这种洗心感带来的新鲜活力。

2

第一个沉默的时刻发生在新都桥。

从雅安向西行进到第三天时，到达了康定西部的新都桥，深夜抵达的。由于在翻越前面那座海拔 4000 多米的折多山时，我人生第一次出现了高原反应，整个脑袋里像住着一窝蜜蜂。于是在天黑之前想尽一切办法搭上了一辆吉普车，用最快速度住进了新都桥的一家旅馆。一栋非常漂亮的两层藏式小木楼。

通过房间天窗还可以看到明亮的夜空和耀眼的星星。那里的夜晚，仿佛没有黑暗。但高反使我迷失在夜里，一头倒在床上，直到次日太阳升起。经过一整夜的睡眠，整个人重新精神了起来，虽然错过了夜空中最亮的星，却看到了一颗更大更透明的心灵——那是在旅馆外，一辆急驰的汽车碾碎了一只于草地边觅食的飞鸟，旁边一位藏族同胞看到此景，瞬间热泪滚落下来。随即，她一边双膝跪地，虔诚地为意外丧生的小生命诵经祈祷，一边扯下头巾小心翼翼地包裹好鸟儿的残尸带走。她要将它安葬，她期愿每一个生命都回归西方净土。

一个朴实的藏族同胞因为一只小鸟死去而本能地悲伤……

瞬间，她那份对生命的敬畏、对生灵的博爱，让我变得沉默。

3

第二个沉默的时刻发生在高尔寺山。

从高尔寺山、剪子弯山、卡拉子山到理塘，我是在一辆黄色的油罐车上度过的。当油罐车翻越到山巅，那些一尘不染又与世隔绝的自然净土刹那间闯入视野，身体里的喧嚣和血脉瞬间变得彻底寂静。

司机说他每周都要从那里来回一趟，已持续了十五年。每一次顺利盘旋到山脉之巅，他都会将车停在路边，短暂地做一个祈祷仪式。那是他对自然神性的敬畏。因为他们开车经过那里，扰乱了山体的宁静，有一种负罪感，所以做祈祷仪式，以求山神原谅并保佑他们平安抵达。

每过一座山，我都心怀感恩地环顾四周。深蓝而宁谧的天空、干净而立体的云朵、无垠而沉默的荒野，以及山体上一排排用白色石头堆砌的可触摸又遥不可及的信仰真言，和掩藏在云层之上为大地镀上一层金色光芒的太阳……我和司机一样，生怕扰乱了那份神圣。即使远处偶尔有人活动，我却感受不到同类的存在。特别是当我身处山峦之中，看着万籁俱寂的自然和孤弱行进的人类时，内心骤升一种绝望，一种类似存在之本的虚无感。那是在认知到宽广天地和渺小个体之后的一种悲怆。

尽管法国哲学家帕斯卡有一个关于人的著名定义："人只不过是一根苇草，是自然界最脆弱的东西；但他是一根能思想的苇草。"我还是忍不住自我探问，我是谁？这个如蚂蚁一样附在大地之上爬动着的生命，他到底是谁？

人类，在地球上究竟是怎样的一种存在？此时，超然的大地和躁动的灵魂让我变得沉默。

4

第三个沉默的时刻发生在理塘。

庆幸自己终于在天黑之前到达了理塘，而且是踏着一道彩虹到达的。理塘是世界海拔最高的城市，藏语称为"勒通"，意为平坦纯净如铜镜般的草原。理塘不仅是宽阔的草原，也是一个多民族聚居和河流密布的地区，并且还居住着少量土家族，这让我对它陡增一份亲切。

说实话，通向西部的整条线路上，最诗意、纯粹、绝美、圣洁的自然景观都集中在高尔寺到理塘段，以及稻城亚丁。或者说，西藏有的美景四川甘孜州都有，文化信仰也如此。所以我们通常所说的"藏地"并不是单纯地指西藏。

理塘的青年旅馆里依然挤满了大地行者，床位紧张，我只能和一群陌生人混住在一起。晚上在旅馆餐厅巧遇了小左，他是素食者，我们一起拼桌吃了简餐。但次日他要去他的圣地稻城亚丁，于是我们的人生将在理塘失去交集。

在路上总是这样，途中遇到的人，绝大部分分开即是永别。

第二天我在理塘城门外又碰到小左，他却告诉我他不走了，他说："昨晚在街头发现一个乞丐，是个空巢老人，挺可怜的，我决定先留下来照顾她。"

这次，人性的光芒让我变得沉默。

5

第四个沉默的时刻发生在金沙江。

从理塘到巴塘，是我西行流浪中最受折磨的一天，于烈日下步行，搭摩托、拖拉机、皮卡、水泥车、面包车，总共周转了十一次。甚至有一段路司机为躲避公安检查，将我关在后备厢，我被颠簸得一路狂吐，只差死在了路上。最终在天黑前搭一辆道路施救车到达了金沙江。

那里没有旅馆，我只能去藏族同胞家借宿，和他的红薯、稻谷、土豆、玉米、酒糟、农耕工具同睡一室。

夜晚，一群男人光着身子轮流在院子里拿根自来水管冲澡。女人们在旁边烧菜做饭，习以为常。他们都是被政府安排去援藏的电力工人，租住在那些藏族同胞家。待他们都洗完，饭菜也正烧好，就开始露天摆个桌子，在喝酒诉说生活中结束旧的一天。

得知我是湖北人，其中一个湖南大叔执意邀请我陪他们喝一杯。他说在西藏，只要听到一个"湖"字，那我们就是老乡，就像遇到亲人一样，何况他已经三年没回过家了。我无法拒绝这样的盛情。

酒过三巡，那个湖南大叔突然情绪崩溃地哭了出来。他说，我长得像他儿子。原来仅仅一个月前，他未满二十岁的儿子摔死在了山谷，连一根头发都没能捡到。他们支援西藏，去荒无人烟的陡峭绝壁架设高压电线。经常有人掉落进深渊，粉身碎骨，从此与人间、大地永别。

我联想起自己出生的小山村里，那些去远方打工而让父母等白了头也再未归来的青年，想起因一次矿区事故而被深埋在地表之下几公里处的表哥，想起曾因煤洞里瓦斯爆炸而失去年轻生命的小叔……的确，没有一个灵魂是卑微的。

人们在世间爬行的生存悲苦，让我变得沉默。

6

第五个沉默的时刻发生在然乌湖。

到达然乌时，已经记不清楚是第几天了。很多人会选择在然乌歇脚两三天，并去看一看离那最近的两座冰川。我也是，因为那里太过安详。

"山脉之中有一种安静、一种庄严。每当你凝视那些小山和六千多英尺的高山，都会讶异于世上竟然会有这样的乡村。每次你来到这个宁静而祥和的山谷，都会有一种奇特的超然感觉，一种深沉的寂静和时间无限放缓的延伸感。"是的，克里希那穆提的独白正是大部分人对然乌湖的印象。

次日黄昏的时候，我去湖边散步。正在极速隐退的太阳余晖，映射着岸边一对老人的拐杖。拐杖上微弱的反光，以另一种姿态折射在女人充满褶皱而略显痴呆的脸上，就像是《泰坦尼克号》那部电影里的老年露丝。那显然是一张经历过岁月洗礼的面孔。

见我经过，老人羞怯而礼貌地问我能否帮他们拍几张合影。于是我成了他们的临时摄影师。后来老人告诉我，六十年以前，他们就在此地因为一次相遇走到了一起。那时，他是一名在藏地做救援的年轻军人，而她则是一名来自英国的地理摄影师。此后他们私奔到了欧洲，相依为命了一生。现在他们都已年过八旬，在有生之年哪怕历尽千辛，也必须再看一眼他们曾相识的地方，也是最后一次。一切仿佛成了他们生命和爱情的最后仪式。

老人小心翼翼地拿出那张早已发黄的、来自六十年前的合影相片，要求我对着和当年相同的角度、相同的背景、相同的人物再按了一次快门。

那将是他们朴素而真挚爱情的最后定格。

依然是静默的雪山、宁静的湖面、干净的天空，衬着落日余晖。只是，面孔在时光中变迁，生命在时光中流逝……躲在镜头后旁观的我，分明看到了一个人的一生，然后在一种深沉的寂静和时间无限放缓的延伸感中，变得沉默。

7

第六个沉默的时刻发生在波密。

有了前面无数次成功和失败的搭车经历，我的那份羞怯之心不见了，能随时自在而坦然地去"索求"。

想起第一次搭车时，我总是很羞怯于伸出手去。那种心理仿佛一个初次上街乞讨的人。看其他徒步者都在背包上放块"搭车"的牌子，我也拿张废弃的纸壳效仿着写了一个，但我始终不太敢举起来。即使偶尔举起来也不敢抬头去看司机，怕羞。心里总想着，一切交给宿命吧。

后来明白，大胆地尝试伸出双手，学会接受失败，是搭车首先需要具备的心理素质。所以，从然乌之后，每当需要时我都能很勇敢地去拦车。特别是最后从八一到拉萨，还拦住了一辆部队的军车。

在西部大地流浪之路上，最不可预知又最危险的路段是从波密到通麦。到达波密之前，也是即将天黑时才搭上一辆面包车。司机是个藏族同胞，不太会说汉语，刚上车时他用手势告知我们只能带往前面几公里处，因为他家就在那里的一个村庄。可是后来，他一路带着我们直奔波密，由于语言问题一路也没人问，以为他是顺路。当到达波密放下我们后，他调头就走，那时大家才明白，他是纯粹做好事特意将我们送到波密。

因为在普通藏族同胞眼里，内地的步行者就相当于藏族的朝圣者，他们会想尽一切办法去帮助他们。那样一趟让他多走了一百多公里……看着那辆已消失在夜色中的面包车，司机慈祥的面孔再次映入我的脑海。

在这个处处讲究利益而人人趋于自私的年代，他们乐于助人的友善和无私奉献的精神，让我变得沉默。

8

第七个沉默的时刻发生在拉萨。

我走过了大半个中国，经过长达 17 天的自由跋涉，终于抵达拉萨，一个被称为神之居所的地方。它是藏文化的"坛城"，处于世界信仰之巅。到达那里的人都曾用尽各种办法上路，以嬉皮士或朝圣者的生命态度苦行于大地，最后都汇聚到了那个高原城市。

那是他们交托信仰的终点，是朝圣者心目中的圣城，也是旅行者们的洗心之地。因此，它不仅是地理上的高原城市，更是精神上的高地。

初见拉萨，我内心很失落。不知道怎么说。不是说它不好，而是当一个幻想了无数次的灵魂城市，某一天真的出现在现实中时，那份想象掉落了。你赋予它的所有意义和未知，破茧了。或许，有些东西永远只适合活在虚幻里，那会是一种神圣般的存在。或者，只让它活在郑钧的歌声里。

有人说，拉萨的真正原点和灵魂是大昭寺。人们去那里为自己开光或寻求某种孕育，然后通过拉萨这个子宫又跳进宽阔热闹的世界。

在大昭寺，我拜了 108 个大忏，试图清洗自己。转身离开时，身后挤满了等待着拜忏的人群。世界永远不缺虔诚的信仰者，也不缺盲目信仰的形式主义者。整个下午，我都独自坐在大昭寺前的广场上，伴着安详的禅乐，看那些有着坚定眼神的朝圣叩拜者。这神之居所上空随风飘荡的五彩经幡，映衬着我内心的居无定所，我要去哪里？

这样的终极自问，让我变得沉默。

洗去尘埃，

回归我的

另一个生命

我从大地与人的灵魂得到莫大资产。没有不能克服的孤独。所有的道路都通向一点，那就是把我们原有的形象传达给别人。因此，要抵达可以跳原始之舞，唱叹息之歌的圣城，就必须慢慢超越孤独与严酷、孤立与沉默，在这舞蹈与歌唱中，满含着远古以来的仪式：相信人之为人的自觉与共同命运。

——巴勃罗·聂鲁达

1

莎士比亚曾嘲讽生命："充满了声音和狂热，里面空无一物。"

如今，我不是一个喜欢奔赴热闹的人，因为明白内在的"空"无法用任何尘世的快乐消除。

在拉萨等待办理尼泊尔签证的那几天，游走于各个青年旅舍和酒吧之间，没有任何沉迷。即使那些甜蜜得让人能一次性喝下一箱的拉萨啤酒，也拴不住我的欲念。至今无法描述拉萨到底属于一个什么样的地方，肯定不是青春期的我们曾在音乐吧里吼叫了无数次的《回到拉萨》那样。如果以惯常的城市概念来看，它太小；如果以某种形而上的文化概念来看，它太大，甚至大过世界。

漂荡在那里的人们，就像满街的经幡色彩一样，令人眼花缭乱、五味杂陈。他们来自五湖四海，以各自的姿势体验人生。

我在以前乐队鼓手的带领下，于一个僻静的角落找到一家书店，静待了一下午。但我们再也不谈论哲学，不谈论理想，不谈论艺术，不谈论禅宗了。偶尔，在有吉他的地方，我会恳请他唱一两首歌。他说，弹唱是他生"病"时吃的药，现在"病"好了，却对药产生了依赖。

于是，他背着吉他不断离开旧的地方，去新的地方开始新的生活。做一个朴素的理想者，追逐他的另一个生命，身上不留尘埃。

2

是的，自己导演的生活，就是理想之所。我们都已无暇顾及过去，只愿按自己的方式前行。

从拉萨到尼泊尔的路途，我走了三天，中间在日喀则和樟木各停留了一晚。虽然沿途同样是无边无际的辽阔大地，但和我此前见过的西部地区是完全不同的两种感觉。前面大西部地区的景色给人感觉是净土般的圣洁，是一种归隐于此的愿望，可走在去日喀则的道路上时，体会到的是一种荒漠般的孤寂，是一种飞鸟南去的逃离。

尽管它让人更贴切地接触到泥土、戈壁和沙砾的味道，但一直延伸到天边的公路上空无一物。没有植物和动物，只有飘在空中的云朵聆听着人类的诉说，那种孤寂感、恐惧感让人永远不会想要在那里生活。只想以一个旅者的身份去观察它、亲近它，踩下一个属于自己的脚印，然后远去。在那里，我似乎更明白了唐朝乐队那首《太阳》在唱些什么，我甚至也想蹲在地上努力喊：太阳／我在这里／太阳／我在这里／太阳／我在这里……

不过，它们也有共同点，那就是寂静无声。

在此前的很长一段时间里，我觉得行走在路上没有音乐是一件非常难以忍受的事，所以耳机里塞满各种歌声。

但当我行进在那片荒原上时，第一次发现原来某些特定的时候，音乐也是人类的噪音。

我彻底关闭了耳朵，复归于朴。

想起泰戈尔说过，不要试图去填满生命的空白，因为音乐就来自那空白深处。是的，用空白填补空白，是一种丰富。老子教导后人，雌柔常以安静守定而胜过雄强。所以，趋于安静，能容天下之物。

安静，从某种定义上讲，是内在丰满的另一种说法。毕竟安静下来之时，我们就会用心去参与世界。心，是获取万物之本，心，能自造一个圆满的世界。我们每个人喜欢音乐的心路历程，也基本会遵循一个由外在到内在、由华丽到朴素、由热闹到安静的过程，或者干脆给生命留下大量的空白。

3

突然，一只蹦跶到公路上的藏羚羊扰乱了我的思维。车里所有人也因这个陌生生命的闯入而一阵欢呼。此后，就在不断地受到边防军人的突击检查和回归自我寂静之中，到达了尼泊尔口岸。

进入尼泊尔，最先吸引我的是那些货车，它们都超级文艺，车身喷绘着五彩缤纷的图案。仿佛每个司机都不愿接受生活中的平淡色彩，于是将自己逼成了一名天然艺术家。同时每个人又安乐并忠于那片土地，在平凡中自寻一份美好向往。

房子、巴士、路边小摊，随处可见跟音乐和足球相关的元素。他们将鲍勃·马利、吉姆·莫里森、列侬、马拉多纳、罗纳尔多、巴乔、梅西等符号化后张贴到自家墙上、加油站、树上、旅馆，以及任何角落。即便生活在垃圾堆里的小孩，都可能穿着一件巴塞罗那或是利物浦的球衣，又或者是一件印有某个摇滚明星照片的 T 恤。

尼泊尔和印度有一些相像。毕竟国土相连，全民都有信仰，崇尚灵魂生活，但又略有不同。至少，去过印度的人有一大半会嘲笑印度贫穷、肮脏、落后，在尼泊尔就不会。尽管尼泊尔是世界上最不发达的几个国家之一，物质超级落后，甚至从现代化发展程度来讲，可能落后中国几十年。可当我们站在他们面前时，并没有任何的优越感。反而会对他们的生活由充满猎奇、疑惑、同情，最终转变为羡慕和敬仰。

原来，人类不是只有我们所追逐的某一种生活方式，更不应该用同一种标准去度量人生。也许，最终我们都会回归到原始，回归另一种生活形态。因为，那些靠近原始简单的人，都比我们幸福安乐。

当某些孩子被关在空调房里弹出哭泣般的钢琴声时，尼泊尔的孩子却在沼泽地里用树木搭建几个球门，然后光着脚丫、满身污泥并欢声笑语地踢着足球；当某些孩子坐在豪华汽车里，一脸疲惫地赶赴各个培训班时，尼泊尔的孩子坐在烈日下的广场上摆摊卖菜，并因能吃上一个冰棍而喜悦；当某些孩子被长辈们约束着，很少接触土地、自然的味道时，尼泊尔的孩子却将湖泊、雪山、森林当成融进生命的信仰。

是的，我们有好看的面孔，却也时常有着茫然的价值观和空洞的灵魂。

4

去尼泊尔的人，除了少部分是因为那个国家的宗教信仰外，大部分是去环山徒步。回归自然，唤醒内在生命。它是一个山体非常丰富的国家，是户外运动爱好者的天堂，拥有近百条完美的跋涉线路。每个人可根据自身情况任意选择，行走于喜马拉雅山麓，遥望着珠穆朗玛峰雪山圣境。跳出他人的世界，一切无须再走回头路，只在双腿无休止的迈动间，与自身的孤独和戾气对抗。

那是在加德满都混乱而热闹的街头永远体会不到的另一种人生。

加都，会颠覆人们对城市的定义。那里，几乎没有一栋豪华建筑，没有一辆豪车，没有一条宽阔而干净的马路……所有人挤在肮脏而无序的巷子里，各奔所需，又各自有序。看着那些快要报废的汽车，被他们在满是泥泞的巷子里开得飞起来，瞬间有些不理解那是怎样的一种存在。

生命在那里很卑贱，人们接受了无常。生命在那里又很受珍视，人与动物和平共处，不分高低。

有一天晚上，我独自坐在加都的旅馆里沉思，就因为看到了他们对微小生命的尊重：一个妇女和一只羊，以及她的孩子在同一张桌子上吃饭，并且和羊吃着同一盘菜同一盘饭，没有任何芥蒂，仿佛他们是一家人。

这样独自沉思的时刻在此后还有几次，其中一次是在蓝毗尼，当然不是因为触摸了佛祖诞生地。那天我从加都坐了十四个小时的老旧巴士颠簸到蓝毗尼，一路呕吐不止，一下车发现是一片贫瘠之地。难道我长途跋涉而来的追逐之地是什么也没有吗？说实话有些失望，开始怀疑到那里的意义。和我同一辆巴士到达的是一群来自欧洲的背包客。他们带着吉他、相机，披着脏辫，手里提着啤酒，走到哪里都充满笑声，仿若一群欢乐的嬉皮士。与他们在一起，我心里平衡了许多。但在蓝毗尼过夜，需要去中国或韩国资助的几个寺院借宿，从巴士站到寺院，还需坐很长一段路程的人力三轮车。正是那个三轮车夫，让我深刻地意识到人类在生存上所受的悲苦和地位的不对等。

亚热带烈日下连鞋子和衣服都没有的赤裸车夫，用他那黑而瘦小的干瘪身躯，使出全部力气拉着我们在一条坑坑洼洼的泥巴小道上艰难前行。汗水在他的背上形成一条条小溪，而肩膀也因常年拉绳，早已被勒出一条深深的血痕。看着他，我第一次因为坐车而感到内心灼痛，陷入了强烈的内心挣扎。

那群欧洲人依然沉浸在他们自造的欢乐中大声说笑。难道仅仅因为我们付出了钱，就可以奴役他人的生命？

途中我多次想下车，不忍他拖着我。可回归理性，若我不坐，他又挣不到钱，可能全家人都要忍饥挨饿。人人不坐，他们将更苦。虽然我愿意将钱直接给车夫而不让他付出劳动，但对于他来说，总不能天天站在那里接受别人的施舍，那肯定不是一种生存之道。

第二天离开蓝毗尼，我在临上巴士之前又看到那个车夫。他依然光着脚守候在那里，满眼都是对生存的渴望。我内心瞬间涌起一阵痛楚，然后将背包里的几件衣服塞给了他，并给了一些尼币。他双手合十，不停地对我说着感激之语。其实，真正应该说感激的，是我。因为通过他，我更懂得珍惜眼前的生活，更懂得热爱生命，更懂得努力的意义。

5

如果一个地方喧嚣与寂静并存，那一定是我喜欢的地方，一如我的两个生命。

博卡拉正是如此。据说是 1952 年一个瑞士探险家最先发现了那里。它位于喜马拉雅山南坡山麓，是一个河谷城市，海拔 900 米。继那位孤独的探险者之后，陆续有一些来自西方国家的嬉皮士聚集到那里，博卡拉慢慢成为现在深受都市人群喜爱的慢节奏生活隐居地。

到达博卡拉后，我没有像其他人一样去滑翔。我不热爱拿自己的生命做赌注，去玩那些纯粹短暂地刺激自己脑袋的事。

我喜欢慢性地去感知事物。所以身处博卡拉时，我要么一整个下午都坐在费瓦湖边发呆晒太阳，要么一整个下午都在街头和一个流浪艺人学腰鼓。也有时会去逛小店、小琴行，遇见好听的音乐和好看的乐器，然后于一个纯粹、陌生的地方和每个陌生的行人即兴弹唱一首歌。虽然彼此说着不同的语言，不过在音乐的节拍里，我们能轻易地找到共同的愉悦。

其他的几天时间，我去环山步行，走小环线。结识了一位画画的朋友，却因为手机无网络，在相隔仅 400 米的彼此盲寻中，最终失散了。

我发现，当自己身处那些语言不通的地区时，和别人能交流的只有两样东西，一是音乐，二是足球。因为它们不受地域、语言、文化、民族等的限制，是全世界共通的感观事物。

听那些琴行老板说，博卡拉隐藏着很多音乐牛人，他们驻扎在酒吧表演，过着避世般的生活。于是在博卡拉的那几天，我每晚辗转于各个酒吧，只想看一看那些乐队。去每个酒吧，我都点两扎啤酒，然后借着昏暗的烛光独自坐在一个很隐蔽的角落，以一个旁观者或偷窥者的心态去发现世界。

这样我如隔岸观火，可以随时抽身，不染尘埃。

6

偶尔我会有冲上舞台表达情绪的冲动，因为人在一个全然陌生的环境里，有时可以超乎常然地放纵身心。如同我曾幻想自己会去做一个牧场主，带着自己的土豆种子、越野车、羊群、木头房子不断地迁徙，背着茶具、古书、烈酒和几箱唱片，待牛羊归圈后，独自在有星星的夜晚忘我喊叫。

那时，除了自己，就只有天地的回应。

像极了《孤独旅者》里所说的："有时候我对着岩石和树林叫喊，问一些问题，穿过山谷，或者用真假两种声音唱歌——'空虚的意义是什么呢'？回答完全是寂静，于是我顿悟了。"

写到这里时，我似乎也有点顿悟了当初选择这趟追寻的原因。因为我想寻找的一直是一个能静养灵魂的地方，是即使身居闹市也能从精神上不断去光顾的那片令人沉静的圣地。当我行走、流浪、亲历四方的时候，从未对那些异域景色有过真正的入迷。心里默念着的，始终是如何摆脱旧有自我和内在忧郁。

脚印不过是证明自己扬起过一场灰尘，那不是本质。

当在某些瞬间意识到孤独之极，甚至于人群中失去感知时，我不想要这种意念上的死亡。我想活着，丰满而自在地活着。

离开博卡拉，从陆地上漂流到加德满都，然后不停留地直接奔赴机场。飞机带我飞过那曾汲取我无数汗水的苍茫大地。我从成都出发，又回到成都，身上没有一点尘埃。生活只是带着我绕了一个圈。行李箱里装满了在尼泊尔买的各种唱片、手鼓、佛头、饰物。伴随着脑海里巴德岗杜巴广场旁一个琴行老板为我所弹的那首吉他之声，准备满足地回归到我的另一个生命。

我们总是走在旧路上。几天后，我独自站在杭州西湖外的一个山顶，忍不住再次戴上耳机聆听那句："埋着头 / 向前走 / 寻找我自己。"

只是这一次……

2018 年写于杭州下沙
2019 年于武汉重新修订

后 记

敬每一个阅完此书或热爱阅读的人。

此前，本人总共出版过四本书。可自己的书架上却未曾收藏过任何一本，因为我并没有将它们当作一项文学成果。相反，我将那几本书打成了纸浆清洗、揉合、晒干，然后装裱进一个木画框里，挂在了墙上。它们，只是某个特定时期的一种特定存在，像一幅因激情而喷涌的画作。

不过这一本，我肯定会收藏，不是因为觉得完美，而是它被我定义为一本灵魂意义上的书。书中呈现的，不仅仅是几个故事那么简单。假如我们的心是一条河，那该书的写作，是我最艰难的一次疏通河道的过程。前后颠覆性地重写了三四个版本，在时间中沉淀了六七年之久，修改了无数次才形成这个版本。但是否意味着它就比前几个版本好，我已没有了概念。只不过修改是一件随着心性变迁的事，也是一件无止境的事，因为心还在流动。

有时，甚至感觉自己像个过于执拗的强迫症患者——总在力求将每个散文句子写成诗，又总在反复纠结、斟酌每个词语的词性与修辞意境，导致漫长的修改比写作更痛苦堵心。

写作像挖井。井成，积水深，不过那可能是封闭着的一潭死水。修改是引导这些死水变成一条流动的小溪，一条奔向河流和大海的有出口的小溪。最终它是开放性的，是敞开的。不再是过去那种基于自我想法、偏激观点、浅薄经验的封闭文字，不再是一口没有水流动的死井。也是在写作这些书稿时，我从一个习惯诉说的人变成了一个懂得聆听的人。或许，它不只是一个习惯的改变，而是从内心深处将自己与世界的位置由主观变为了客观，抑或是旁观。

清楚地记得《滚石》杂志中文版曾这样描述我："他身上包含着一切反叛因素或者内含的青春冲动。"还有读者在微博留言："很喜欢田禾的写作笔法，他将所有文字写成了一边祭奠青春、一边道破世俗的另类散文，读田禾的书像是听民谣。"虽然我已不再是青春期那个"摇滚青年"，并且多了些许温柔与和平之气，但精神内核一直延续着。只是岁月和生活，最终让人变得安静而沉默，更让人懂得心向自然。

我们终究要从那个奔跑着的癫狂状态里回归。不再渴求生活上的轰轰烈烈，不再探求外在世界的新鲜好奇，也不再固执地与世界发生纷争。只想把和平与宁静印在大地上，只躲进自己筑起的精神栖息地和俗杂日常。遵从心底的声音，享有独属于自己的节奏和不轻易心动的傲性，但对某些特定的事物，又有着固执而忠诚的热爱。

　　现在，我的理想生活是闲散。闲散，是人生境界中的留白，是追问精神缺失的开端。

　　实话说，这是一本偏向于内在道路的自由诉说，更像一场身体力行的哲学思考。它们如同我的名字"田禾"一样，本身就附带着一种物质生命里的生长渴望和精神园地里的丰收向往。

田　禾

2019 年写于杭州